NF文庫
ノンフィクション

インパールで戦い抜いた日本兵

戦場に残った気骨の兵士たち

将口泰浩

JN158675

潮書房光人新社

インパールで戦い抜いた日本兵――目次

第五章　日本人の血

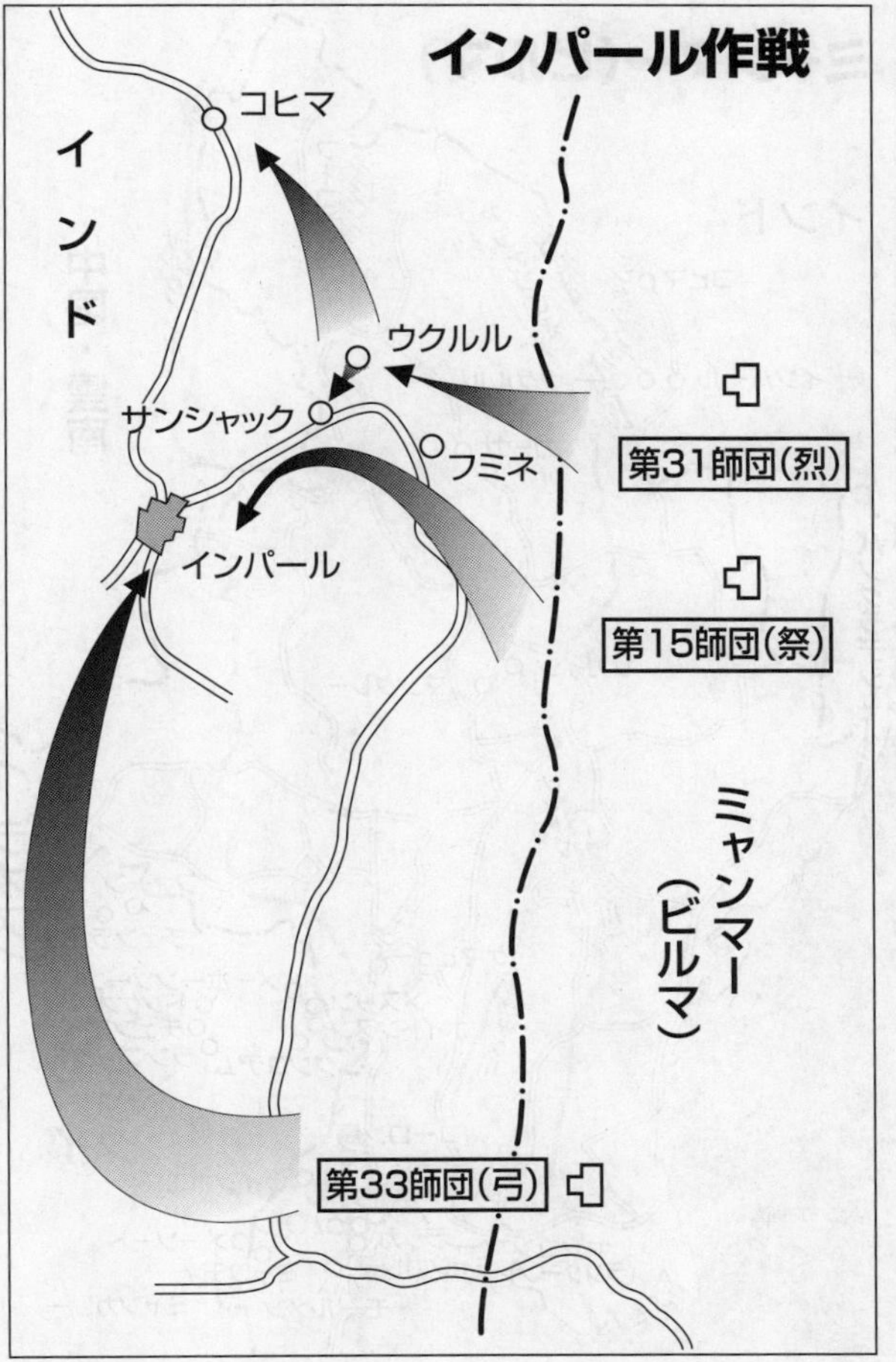
インパール作戦
コヒマ
インド
ウクルル
サンシャック
フミネ
インパール
第31師団（烈）
第15師団（祭）
ミャンマー（ビルマ）
第33師団（弓）

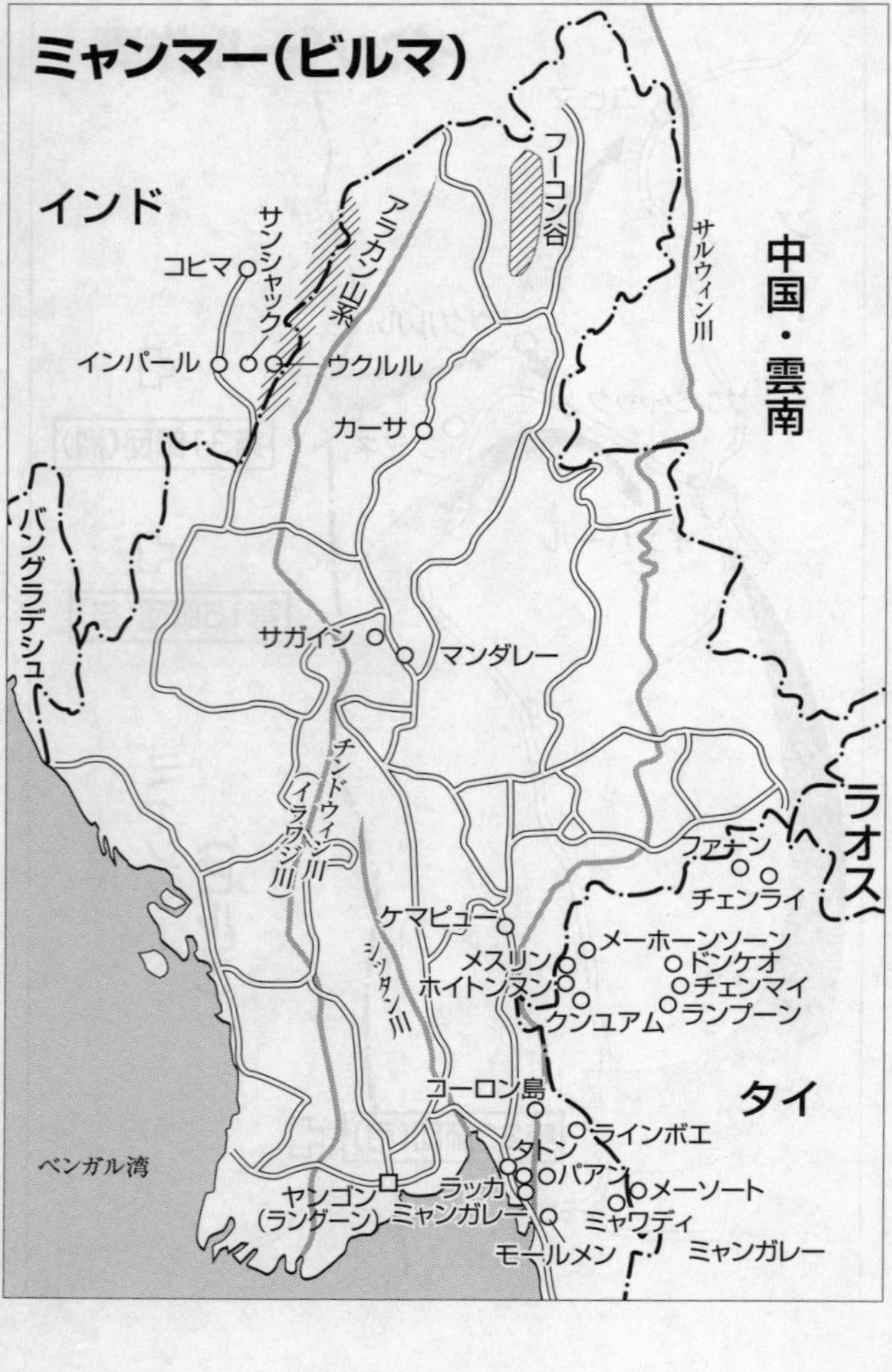
ミャンマー(ビルマ)
インド
中国・雲南
バングラデシュ
ラオス
タイ
ベンガル湾
フーコン谷
アラカン山系
サンシャック
サルウィン川
チンドウィン川
イラワジ川
シッタン川
コヒマ
インパール
ウクルル
カーサ
サガイン
マンダレー
ファナン
チェンライ
ケマピュー
メーホーンソーン
メスリン
ドンケオ
ホイトンヌン
チェンマイ
クンユアム
ランプーン
コーロン島
ラインボエ
タトン
パアン
ヤンゴン
(ラングーン)
ラッカ
ミャンガレー
メーソート
ミャワディ
モールメン
ミャンガレー

インパールで戦い抜いた日本兵

――戦場に残った気骨の兵士たち

インパール作戦

一九四二（昭和十七）年五月十八日、日本軍はビルマ（現ミャンマー）を完全制圧した。ビルマ占領の目的は連合国軍の中国軍支援ルート遮断だった。この支援ルートは、重慶《じゅうけい》に首都を移していた蔣介石《しょうかいせき》率いる国民政府への輸送ルートから「援蔣ルート」と呼ばれていた。しかし、すでに連合国軍はインド・アッサム州から中国・雲南省昆明《こんめい》に達する空輸ルートを確保し、さらにインド・レドからビルマと中国の国境を越える自動車道路「レド公路」の開拓に着手した。日本軍の攻略目標はビルマからインド領に移った。

このため、日本軍はビルマに一番近い英印軍の拠点であるインパール（インド・マニプール州）の占領を目的に、インパール作戦を実施した。ミッドウェー海戦以降、ガダルカナル島撤退、アッツ島玉砕《ぎょくさい》など悪化する戦局を一気に逆転しようとする作戦だった。

大本営は一九四三（昭和十八）年九月に準備命令を出したが、作戦決行は一九四四（昭和十九）三月まで遅れた。その理由は強い反対意見があったからである。

三千メートル級の山岳地帯を重装備で進軍できるのか。制空権を奪われている中、食糧や弾薬の補給はできるのか。インパールを攻略しても維持することができるのか。こういう理由を挙げて反対する参謀長の小畑信良少将を、第十五軍司令官の牟田口廉也《むたぐちれんや》中将は解任した。執拗な要請を黙認する形で作戦準備が進められた。

作戦は第三十一師団（烈兵団）がアッサム地方からの補給路を断つためコヒマを占領し、第十五師団（祭兵団）が北から、第三十三師団（弓兵団）が南からインパールを攻略することだった。

大本営は航空兵力の劣勢、補給問題に疑念を持ったが、「大陸指第一七七六号」という参謀総長指示をもって認可された。

一九四四（昭和十九）年三月八日、牟田口指揮下で作戦が開始された。各師団は三週間分の食料・弾薬しか携行できないため、三週間以内にインパールを攻略する必要があった。しかし、インパールは防御堅固で、八十八日間包囲したが、食糧・弾薬が尽き、全軍壊滅状態に陥った。

それでも、牟田口は作戦続行に固執した。烈兵団が独断退却を始め、牟田口は師団長の佐藤幸徳《こうとく》中将を解任。さらに二人の師団長も戦意不足を理由に解任した。三師団の師団長が途中解任されるという、日本陸軍始まって以来の異常事態となり、七月八日、ようやく作戦中止が決まった。日本軍指導部の欠陥をさらけ出した作戦だった。

参加兵士十万人のうち死者三万人、戦傷病者は四万五千人にのぼった。飢えとマラリア、赤痢など多くの兵士が戦病死だった。

プロローグ　第二次世界大戦博物館

なぜ、こんな物がタイに残っているのか、不思議だった。

「梅田」と彫られた高さ十八・五センチの水筒。

七つのボタンが付いたボロボロにすり切れた深緑色の軍服。

鉄製の星印が付いた革製の肩掛けかばん。

「昭和十七年　大支検定」と書かれた茶色のオーバー。

「九八式」と書かれたコート。

星印と黒革のつばの軍帽。

「腹痛の薬」と書かれた緑の小さな薬ビン。

ベルトを通す耳が付いたコンパス。

二〇〇五（平成十七）年秋、私は産経新聞社を休職し、チュラロンコン大学客員研究員として、バンコクに滞在していた。そのとき、インターネット上で「第二次世界大戦博物館」の記述が目に留まった。

タイとミャンマーの国境近くのクンユアムという所に、ビルマ戦線に参加した日本兵の遺品が多数展示されているという。日本軍はタイでは戦争をしていないはず、なぜ遺品が残っているのか……。

『ビルマ戦線、インパール作戦、『ビルマの竪琴』の水島上等兵……。その程度の知識しかない私にはすぐには理解できなかった。

研究員としての活動に飽き足らなさを感じていた私は三日後、メーホーンソーンまでの航空機を手配し、メーホーンソーンからレンタルバイクでクンユアムに向かった。約六十キロの山道をバイクで二時間、人口約三千六百人の小さな街に入った。

赤瓦の「第二次世界大戦博物館」の前には日本軍のトラックの残骸が飾られ、「戦友よ安らかに眠れ」と書かれた碑がある。

博物館に入ったとたん、息が詰まった。

おびただしい数の遺品が展示されていた。軍服は補修した跡、飯盒《はんごう》にはこそぎ取ったような傷、お守りは肌身離さず持てるように紐が付けられている。つい最近まで使われていたかのように、所持していた日本兵の痕跡《こんせき》が生々しく残されていた。

六十年以上前の日本兵がいきなり目の前に現れた――そんな感覚になった。日本で暮らし

①「第二次世界大戦博物館」の前に飾られている朽ち果てた日本軍のトラック。②博物館には日本兵の遺品がぎっしり。

ていると、想像することもない戦争の姿がはっきりと形になって見えた。

　これらの展示されている品々は、すべてビルマ戦線から敗走してきた日本兵の生きていた証《あかし》である。

　泰緬《たいめん》国境。六十二年前、生きて生きて生き延びた者だけが越えることができたビルマとタイの国境。傷ついた日本兵三万人がビルマのケマピューから、国境を越え、このクンユアムを経由し、日本軍の拠点があったチェンマイを目指した。そのうち約七千人がタイ領内で死亡した。インパール作戦の失敗から、一年近い敗走で食べるものがなくなった日本兵が、食料を分けてもらったお礼に置いていった品々である。日本兵たちはこの後、無事に帰国できただろうか。この脚絆《きゃはん》は雨季の敗走で役に立ったのだろうか。そう思いながら、館内を歩く。コートやオーバー、鉄帽が壁一面にかけられている。銃や銃剣、工具箱、注射器の入れ物まである。

お守りも百以上が展示されている。日本兵が出征以来、肌身離さず持っていたお守りで、ビルマからタイまで逃げ延びてきたのも、お守りのおかげと感謝したであろうか。

そのお守りをクンユアムで手放した。この先、チェンマイまで三百キロ。その先も何が待ち受けているか、分からない。にもかかわらず、お世話になったお礼にお守りを置いて、さらにチェンマイを目指した。クンユアムの人々との強い信頼関係を表していないか。

だが、なぜこんな物を保管していたのだろうか。軍刀や銃、銃剣などは価値があるかもという気持ちで残しておくのは理解できるが、軍帽や鉄帽などをよくぞ残しておいてくれたと感謝の気持ちで胸がいっぱいになる。まして何の価値も分からないお守りを六十年も保管し、飾ってくれていただけで、胸が詰まる。

博物館の入り口に訪問ノートが置かれている。タイ人の女子高生はこう書き残していた。

――こんな遠い所で死んでいった兵士はどんなに寂しかったでしょう。残された家族の代
　わりに祈ります。

恐らく日本人を見たこともないのに、冥福を祈ってくれている。自然と頭が下がった。

インパール作戦を含めたビルマ戦線では三十一万人が参加し、戦死者十九万人と六割が死

亡した。友好国タイを目指す敗走路は遺体が埋め尽くし「白骨街道」といわれた。

「追及してこーい」

遅れている兵士に、先に進んでいる自分の所属部隊に追いつけという軍隊用語。飢餓と病で行き倒れになった仲間に声をかけるが、動かない。遺体を横目で見ながら、タイまで生きてたどり着いた日本兵の証が博物館を埋め尽くしていた。

博物館の取材を進めていくうちに、自らの意思で日本に帰国しなかった「未帰還兵」の存在を知った。現在でも民族紛争が絶えず、政情不安なミャンマーとタイの国境。山岳民族の庇護《ひご》の下、数多くの「水島上等兵」が生き延びた。生きていれば、すでに「水島上等兵」は九十歳近くになる。残された時間は多くなかった。「追及してこーい」と言い続け、ジャングルを彷徨《ほうこう》し生き延びてきた日本兵。それにもかかわらず、自ら追及を止め、日本に帰国することなく、ビルマやタイに留まった。未帰還兵の生きた証を追い、一人一人に確かめてみたかった。

「今でも、あの声が聞こえますか」

――追及してこーい。

第一章　帰らなかった三人の日本兵

昭和二十三年

一九四七（昭和二十二）年から、童話雑誌「赤とんぼ」に連載された竹山道雄の小説『ビルマの竪琴』は、戦争終結後も依然として抵抗を続ける日本兵の説得に向かったまま、行方不明になった水島上等兵の物語である。水島上等兵は帰還間際の仲間の前にビルマ僧姿で現れた。水島上等兵はビルマ全土に散乱している同胞の霊を慰めるため、一人、未帰還兵としてビルマに残り仏門に身を捧げた。「おーい、水島、一緒に日本に帰ろう」。青い鸚鵡《おうむ》の鳴き声。映画の中での、もの悲しいしゃがれた鳴き声が耳に残っている。

小説は、竹山がビルマからの帰還兵から聞いた「日本兵が敗戦後に脱走して僧侶になっている」という話をヒントにした子供向けの童話のはずだったが、大人たちの心を捉えた。一九四八（昭和二十三）年十月に中央公論社から単行本として出版され、一九五六（昭和三十一)年、三國連太郎、安井昌二主演で市川崑監督が映画化し、大ヒットした。さらに一九八五(昭和六十)年、石坂浩二、中井貴一主演で再映画化された。

一九五三(昭和二十八)年、竹山は作品を書く動機について、「ビルマの竪琴ができるまで」でこう記述している。

——当時は、戦死した人の冥福《めいふく》を祈るような気持は、新聞や雑誌にはさっぱり出ませんでした。人々はそういうことは考えませんでした。それどころか、「戦った人はたれもかれも一律に悪人である」といったような調子でした。日本軍のことは悪口をいうのが流行で、正義派でした。義務を守って命をおとした人たちのせめてもの鎮魂《ちんこん》をねがうことが、逆コースであるなどといわれても、私は承服することはできません。逆コースでけっこうです。あの戦争自体の原因の解明やその責任の糾弾《きゅうだん》と、これとでは、まったく別なことです。

◇

一九四八(昭和二十三)年、『ビルマの竪琴』が完結した。当時、「戦地に向かい、以後行方不明」という知らせだけで、遺骨も遺灰も届かない戦死者の遺《のこ》された家族や仲間は、『ビルマの竪琴』を読んで、「水島上等兵と同じようにきっとどこかで生きている」と信じた。心のどこかであきらめてはいても、いつか大陸や南方からの復員兵に混じり、帰って来ることを願った。

NHKのど自慢の第一回優勝大会が開催され、黒澤明監督の映画「酔いどれ天使」、岡晴夫の「憧れのハワイ航路」がヒット、十一歳の天才歌手、美空ひばりがデビューした。

しかし、帝国銀行椎名町支店で行員十二人が毒殺される事件、東京裁判で有罪判決を受けた東条英機元首相らA級戦犯七人の死刑執行、七月にはグアム島に五年間潜伏していた旧日本兵二人が帰国した。復興の兆《きざ》しは見えるが、依然、混沌《こんとん》とした戦後の混乱期にあった。

この年、ビルマは六十二年に及ぶ英国の植民地支配から、「ビルマ連邦共和国」として独立を果たした。

終戦から三年。この年から、三人の男の物語を始めたい。

◇

中国語で「怒江」と書くほど急流のサルウィン川。チベットに源を発し、中国・雲南省からミャンマーを南北に貫く全長二千四百キロの大河。その河口に近いラインボエの街。アンダマン海に面する港のモールメンから、北に七十キロほどのところにあり、タイ国境にそびえるドナー山脈の山裾にあたる。

ビルマ政府が手出しできない山岳民族の村である。山岳民族が常食にしているイモやゴマ、唐辛子などの農作物、バッタやアリといった昆虫、カタツムリ、ヘビ、トカゲなどの山の食材の集積地で、毎日、大きな市が立つ。

この一九四八（昭和二十三）年、このラインボエで中野弥一郎と坂井勇は出会った。この後、二人は寄り添うように生涯を共にした。

仲買人をしていた中野は山で収穫された豆とビンロウの買い付けに来ていた。四十キロ離れたパアンの街まで運ぶと、二十五サタンの豆が一・五チャットと六倍の値で売れた。二日がかりでも買い出しに来る価値はあった。噛みたばこのような覚醒作用のあるビンロウはビルマ人の好物で、これも高値で売れた。いまでも、台湾の道ばたに血痕のように点々と残っているように、ビルマでもビンロウを噛んで吐いたつばがいつまでも赤く残っていた。

買い付けた農産物は牛車で運ぶが、ビルマの牛は白く、ラクダのように背中に脂肪分を溜め込むコブがある。乾季でも生き延びていくために必要な自然の摂理だ。そのコブに棒を引っかけて車を引く。水牛は気が荒く、御者が振り落とされることもあるが、おとなしい牛だとそんなことはない。

一カ月に一度、中野は牛車でラインボエに向かった。その日、市場近くの人ごみの中でスタスタと、ひときわ足取りが速い男を見た。中野と同じゆったりとした巻きスカートのロンジー姿。ロンジーのすそが広がるほどの大またただ。確信した。

「いた。間違いない」

大きく手を振り、緩慢な動作でゆっくり歩くビルマ人に対し、日本人はさっさと歩く。ビルマ人からは、日本人はいつでも軍隊の行進のようだとからかわれていた。

坂井がラインボエを訪れたのは知り合いのカレン族の男に自動車の修理を頼まれたからだ

③ビルマの牛にはコブがあり、そこに引っかけるようにして荷物を運んだ。

った。坂井はサルウィン川の中州、コーロン島で暮らしていた。島からラインボエまでは約三十キロ。自動車の運転はできても、エンジンの修理までできるビルマ人は少なかった。

坂井もピンときた。

ビルマにはビルマ人だけでなく、日本人に顔つきが似ている山岳民族や中国系の民族もいる。だが、真っ黒に焼け、姿形はビルマ人そのものだが、歩き方、しぐさ、体全体から醸し出される雰囲気。ビルマ人は気づかなくても、日本人にはお互いが分かった。

目立たないように寄り添った二人はビルマ語で、住んでいる場所と暮らしぶりを二言三言交わして、立ち去った。日本語は使わなかった。「日本人を見かけた」と警察に通報されれば、逮捕される。だれも気にする者はなかったが、周囲の気配が気になって仕方がなかった。

同じ年の新潟県川口町。千曲川が信濃川に名前を変え、魚野川《うおの》と合流する山間、積雪が三メートルを超す日本有数の豪雪地帯である。冬場、雪で仕事ができない時期、男たちは東京に「冬働き」に出る。「少しでも現金が欲しい」。二十八歳でありながら、戦死した兄の子供である三人を育てていた真島猛も、わずかばかりの田畑だけでは生活できなかった。冬は東京・中野の味噌問屋で、ずしりと重い味噌樽を担ぐ作業をした。製本、工事現場、風呂屋……。「冬働き」は力仕事ばかりだが、新潟の男らしい、きまじめな真島は黙々と働いた。

カレン語でアチョと名乗る仲買人の中野弥一郎。パトゥと名乗る修理工の坂井勇。そして真島猛。インパール作戦に参加した同世代の三人がビルマの日本兵収容所を脱走して三年が経っていた。

祖国のために見事に戦死することが皇軍兵士と教えられてきた。なぜ三人が収容所から逃げ出し、未帰還兵になったのか。祖国を棄て、日本人を棄てた三人。戦争、日本軍、インパール作戦、ビルマ、敗戦、脱走。「戦友は死んだ。だが、私は未だに生きている」という、彼らが語る一つ一つの言葉が貴重な証言である。

衛生兵・中野弥一郎

二〇〇五（平成十七）年の暮れ、私はタイ西北部のメーソートを訪れた。バンコクからバスで約八時間、西側を流れるモエイ川を渡るとミャンマーのミャワディという国境の街。乾季のこの時期、川幅は二十メートルほどしかなく、子供でも歩いて渡れそうだ。タイ人、少数民族、ビルマ人が同じ割合で住み、寺院も金箔の仏塔（パゴダ）が輝くビルマ風。タイでは見かけなくなった男のロンジー姿も目にする。

モエイ川には一九九七（平成九）年に完成した「友好橋」がかかり、トラックが行き交い、ミャンマー側から野菜や干した魚、肉などの農産物、タイ側からは服やサンダルといった日用雑貨が運ばれている。メーソートとミャワディの双方の住民には簡易パスポートのような青い手帳が配布され、日帰りならば、自由に行き来できるため、行商人も多い。

外国人が陸路でタイとミャンマーの国境を越えられるポイントは四カ所で、ここもそのひとつ。橋のたもとにあるタイ側のイミグレーションで出国スタンプをもらい、渡ったところにあるミャンマーのイミグレーションで十ドルか五百バーツを支払い、パスポートと交換に預り証を受け取るだけ、拍子抜けするほど簡単だ。

ただし開放されているのは国境から五キロまでだけだ。その間に市場や商店もあるが、「軍事政権国に潜入」という緊迫した雰囲気はなく、どこかニセモノ感が漂うのは仕方がない。他の三カ所も同様で、外国人はミャンマー国内では国境から何キロ以内と移動は制限されている。

メーソートの街から友好橋に行く途中の幹線道路沿いに中野の家はあった。

「サワッディカップ」(こんにちは)

大きな声であいさつしても返事がないので、裏庭に回ると、セメントで竈《かまど》の修理をしていた老人が顔を上げた。突然の日本人の訪問に驚いた様子で、「やっ、遠いところを」。アチョと呼ばれている中野弥一郎である。

中野は十歳年下の妻、マ・オンジーさんとの間に、二男一女をもうけ、孫も七人いる。練炭や食品などを売る雑貨屋を営み、敷地には三軒の家、犬が三匹、ニワトリも飼っている。掃除がよく行き届き、一目でいい暮らしぶりというのが分かる。

バンコクで印刷されている衛星版の読売新聞の束が積まれている。読売新聞は八十バーツ(約三百円)で、タイ語の新聞が五バーツで買えることを考えれば、かなり高価だが、日本語で新鮮な情報に接することができる喜びには代えられない。

本棚にはインパール作戦に関する書物が並び、中野の出征前の写真、家族の写真とともに、昭和天皇の写真が飾られていた。

タイの家を訪問したというよりも、日本の田舎にある古い民家を覗いているような気分になる。

中野は少し耳が遠いことを除けば、驚くほど達者だ。日本語も記憶もしっかりしており、声もよく通る。庭の木陰に椅子を出してもらい、話を聞き始めた。時折通るトラックの騒音

④タイ・メーソートの中野弥一郎の自宅。以前は雑貨屋を営んでいた。

⑤タイとミャンマーの国境を流れるモエイ川。手前がタイのメーソート。⑥タイ・メーソートの国境検問所。⑦中野弥一郎の自宅に飾られている出征前の写真。

が気になったが、一場面一場面の映像が浮かぶような鮮明な記憶に引きずりこまれ、いつしか騒音も聞こえなくなった。

◇

中野弥一郎は一九二〇(大正九)年、新潟県小千谷《おぢや》市で父・千吉、母センとの間に生まれた。

五人兄弟の長男。本家は銘酒「長者盛」の蔵元の中野酒造だが、中野の家は分家で、本家の田畑を借り受けている小作農だった。

二十一歳で徴兵検査を受け甲種合格、歩兵第五十八連隊(新潟・高田)に入隊した。

わずか三カ月の軽機関銃の訓練を受けただけで、新発田《しばた》陸軍病院に移り、衛生兵としての訓練を受けることになった。

「特別に優秀でもない自分がどうして選ばれたかまったく記憶にない。もちろん希望をいったこともありません。本当に分からないですよ」

衛生兵に選抜されたこと自体、抜擢《ばってき》である。病気やけが、薬品の知識、注射の打ち方や包帯の巻き方などの治療。軍医が同行できない前線では、衛生兵が代行をしなければならない。最重要ともいえる後方任務だ。

一度も銃を触ったことがない者を兵士に仕立て上げるように、衛生兵としての三カ月間の訓練で、戦地で不必要である産婦人科以外の医学の基礎を叩き込まれた。

⑧中野弥一郎と妻のマ・オンジー。⑨母が出征前にくれた妙見神社のお守り。

一九四一（昭和十六）年八月、出征命令が下された。行き先は中国・上海。四カ月後に真珠湾攻撃が行われるが、日中戦争の最前線だ。

出征に先立ち、高田から小千谷に帰省した中野は母親のセンさんとともに、隣町である長岡の妙見神社にお参りした。

妙見神社は長岡の街を一望できる高台にある。明治維新のころ、河井継之助《つぐのすけ》率いる長岡藩を攻め立てる官軍が陣地を構えたが、観光地というわけではなく、苔むした石段を上りきった境内は大木に覆われ、静まり返っている。武運長久を祈願した後、センさんがお守りを買って、中野に渡した。

「いつでも肌身離さず付けていました。母親の代わりでしたからね」

赤いお守りをむき出しにせず、大事に革の袋に入れ、軍服のベルトに結び付けていた。

上海に上陸した後、宜昌、太山廟、子陵と中国大陸の奥地を転戦した。一九四三（昭和十八）年一月二十七日、呉淞港《うーすん》から船に乗り込んだ。

「もうこれで日本に帰れると思っていましたよ。でも支給された薄い軍服の脇に穴が開いていたので、これは南方に行くんだと思いましたね。もう覚悟を決めましたよ」

二月十日、昭南島《しょうなんとう》（シンガポール）に到着、船を降りると働いているインド人がいた。

「あんなに黒い人間がいるのかと、いやあ、びっくりしました。いまでは私もタイ人と同じくらい黒いですがね」

中国戦線では敵は中国人で、日本人と大差ないが、中国に出征したはずが大陸を南下して、赤道直下まで来てしまうと、会う人の肌の色も違って見えた。

マレーのイポーで四カ月の休養を取った。その間も中野は毎日、医務室で傷病兵の世話をした。六月五日、また出発の時がきた。目的地は英国軍と激しい戦いを繰り広げていたビルマ。タイのカンチャナブリから、建設途中だった泰緬鉄道をトロッコで北上した。昼間の空爆を避けるため、夜間、真っ暗な中を静かに進んだ。七月六日、タイからビルマ国境を越えた。

「ただ、戦地に行くというだけで怖いとかあまり考えたことがありませんでした。ずっと戦争しかしていませんでしたから。若いときには、ほかには何もできませんでしたよ」

再びタイ国境を越えるとき、自分が日本人でなくなっていることなど想像するはずもなかった。

◇

一九四四（昭和十九）年三月、インパール作戦が始まった。第十五師団（祭兵団）、第三十一師団（烈兵団）、第三十三師団（弓兵団）の三師団でインド・アッサムのインパール攻略を目指した。牟田口はことあるごとに「インパールは天長節（四月二十九日）までに落とす」と語っていた。それほどに高をくくっていた。敗けるべくして敗けたこのインパール作戦の愚かさは、戦後『責任なき戦場インパール』など多くの書物によって明らかにされている。今回はその多くを参照した。

中野の所属する烈兵団は二月二十五日、チャンギーを出て、三千メートルを超す最も険しい北部山岳地帯を進んだ。三月十五日、チンドウィン川を渡り、アラカン山系の山肌を這うように上り下りを繰り返した。

烈兵団の団長は佐藤幸徳中将。佐藤は当初からこの作戦の遂行に疑問を持っていた。

――チンドウィン川渡河後、一週間後に一日十トンの後続補給。二十五日後ごろまでに二百トンの弾薬・食料を補給。五十日後にはウクルル方面から常時補給。

補給担当に、このことを確約させ、一人当たり三週間分の食料を持って出発。言質《げんち》を取ってから初めて軍を進めた。後は補給は必ず行われると信じるしかなかった。

通常、携行する食糧は二日分で、その後は兵站《へいたん》部隊が補給する。それが三週間分である。三週間分といっても、弾薬や手榴弾、テント、カッパなど合わせるとゆうに四十キロを超えた。兵士はいったん休憩すると、背中の荷物が重く、一人では立ち上がれなかった。換言すれば、三週間分の食糧以上は運搬できなかったといえる。

自分の体重に近い荷物を背負い、世界で最も激しい雨が降るといわれる雨季のアラカン山系を越し、インド国境を越え、英国軍を撃破するというのだ。土台が不可能な作戦である。

この悪名高い作戦の最高指揮官が第十五軍司令官の牟田口廉也中将だった。一九三七（昭和十二）年七月の盧溝橋《ろこうきょう》事件では現場の支那駐屯軍歩兵第一連隊長で、戦闘命令を下した。牟田口は戦後の回想録でこう記している。

——盧溝橋事件のきっかけを作ったが、事件はさらに拡大して支那事変になり、ついには大東亜戦争にまで進展してしまった。もし、今後自分の力によってインドに進攻し、大東亜戦争に決定的な影響を与えることができれば、大戦勃発の遠因を作ったわたしとしては、国家に対し申し訳が立つ。男子の本懐としても、まさにこの上なきことである。

たった一人の「男の本懐」という功名心のためにインパール作戦は始まり、十万人の兵士が雨に打たれ、マラリアに苦しめられ、泥道を這いつくばって進軍した。

三週間分の食料がなくなってしまった後、どうすればいいのか。牟田口はこう話していた。

⑩道端に倒れる進軍中の兵士。３週間分の物資を背負い一人では起き上がれない。
⑪ジンギスカン作戦の馬も瀕死の状態。

「日本人はもともと草食動物なのである。これだけ青い山を周囲に抱えながら、食糧に困るなどということなどは、ありえないことだ」

日本軍が呼んだ「ジャングル野菜」である。

さらに、牛に荷を積み運ばせ、到着後は食糧にするという牟田口自慢の「ジンギスカン作戦」が進軍を遅らせた。ジンギスカンの故事に例え、自己のアイデアに酔った。

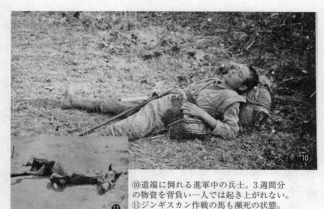

ビルマのコブがある牛は、こぶに棒をひっかけ荷車を引くことはできるが、荷を積むことはない。それをどうにかして荷を積む訓練を重ねた。それも急峻《きゅうしゅん》な地形では荷がずれて牛が進まない。三週間分の食料しか持っていないため、それまでにインパールを陥落させる必要があった。牛の歩みを待つと、食料がなくなる。仕方なく、放牧した。一石二鳥どころではなかった。

インパール作戦はすべてがこの調子だ。現地の地形も、牛の生態も、気候も、現場を無視して進められた。補給を軽視した日本陸軍伝統の「短期決戦主義」が作戦を推し進めた。

三月二十七日、ビルマ国境を越え、インド領内に侵入した。烈兵団の任務はインパール北百キロにある交通の要衝コヒマを攻略することにあった。

インド側からインパールに向かう補給路はアラカン山系を北に迂回する。コヒマを手中に収めることは英国軍の補給路を遮断するとともに、アッサム平原に攻め入る際の出撃起点になる街でもあった。祭兵団、弓兵団がインパールを攻め、烈兵団が補給路を断つ作戦だった。

中野は六日間の行軍の末、ウクルルに入ったが、英印軍は食料などを焼き払い撤退した後だった。さらに敵を追撃しながら三月二十六日、サンシャックの高地を攻めた。十数門の砲門で陣地を固めていたホープトンプソン准将率いる英印軍の砲撃は、これまでの中国軍の粗悪なものとは違った。日の出とともに降り注ぐ大量の砲弾に次々と倒れた。

歩兵団長の宮崎繁三郎《しげさぶろう》少将は『高田歩兵第五十八聯隊史』にこう回想している。

――敵の発射弾数を数えさせたところ、一分間に少なくとも五百発ないし六百発。一発一発の発射音は聞こえず、太鼓と鐘を同時に打ち鳴らしているように聞こえた。

衛生兵は負傷した兵士の治療に当たるため、通常は前線よりも後方で待ち構え、戦闘には参加しない。許可なしに兵士が後退することは戦闘放棄として禁じられていたため、兵士が自分で手当てができない傷を負った際、「衛生、前へ」と命令を受け、負傷兵を担いで運び、後方で治療をするのが役目だ。

しかし、このとき中野が気が付くと、なぜか敵陣内のまっただ中に立っていた。後方で砲弾が爆発。壕《ごう》もなくただその場でじっと伏せた。耳元で激しい爆発音がしたかと思うと背中に痛みが走った。被弾した。爆撃砲の豆粒のような小さな破片が首に三カ所、背中に六カ所食い込んだ。

三月二十六日午前九時。

「立ち上がっても、歩けなくなってね。仕方ないから、坂を転がって降りていったら、日本軍の機関銃の陣地でした。たまたまでした。でも助かったなんて思いませんでした」

いつの間にか、ヨードチンキや消毒薬、包帯、脱脂綿などが入っていた包帯嚢《のう》がなかった。中野は軍服を引き裂かれ、布を巻く応急処置を受けたが、傷は深いと判断されたのか、手榴弾を腰のベルトに付けられた。衛生兵としての装備はなく、あるのは自決用の手榴弾だけになった。

「サンシャックはもう酷《ひど》かった。地獄ですよ、あれは酷かった。もう半分くらいは死んだよ。あちこちに死体がある感じ。どんどん弾が打ち込まれるし、自分も動けなかったので覚悟しました」

中野は後方のウクルルの野戦病院で意識を取り戻した。担ぎ込まれたという。幸運だった。ボロボロの軍服姿の中野の腰には使わなかった手榴弾と一緒に革袋がぶら下がっていた。母が買ってくれた妙見神社のお守りである。軍服に縫い込んでいたわけでもないのに、革袋のまま残っていた。

「あの戦闘の中、どうして付いていたのか、どうしても思い出せない。ほかには何もなかったのに、不思議なんです。でも、ああ助かったと思い、お守りに感謝しました」

野戦病院とはいっても、地べたに患者が横たわっているだけの病院だった。屋根は天幕だけで、患者は山の傾斜を削って平らになっているところにただ寝ていた。軍医もおらず、薬品もなかったが、英印軍が置いていった毛布は豊富だった。食料はわずかばかりの乾燥したジャガイモ、ニンジン、タマネギがあったが、岩塩がなかった。塩があればこそ、ジャングル野菜でも白米でも食べることができるが、なぜかそこにはなかった。

「あれで、よく生き延びたと思いますよ。傷口からどんどん膿《うみ》が出てね。厚い毛布を何枚敷いても、染み込んで、地面まで付くくらいでした。本当に薬もないから、どうしようもなくてね」

その後、部下の衛生兵三人のうちの一人も入院していることが分かった。中野と同じように爆撃の際、破片を受け、横になっていた。

「私が譲った薬を彼は持っていたんですよ。それをもらったので、助かりました。彼がいなかったら、多分、だめだったでしょう。命の恩人です」

野戦病院にはおびただしい数の兵士が横たわっていた。ある晩、両隣の兵士がひっそりと死んだ。生きていることを主張するような荒い息が聞こえなくなった。中野も死の淵に引きずりこまれそうな錯覚に陥った。

病院ではだれもが臆病になる。さまざまな噂が飛び交った。

「強力な援軍が到着する」

「一発で敵を全滅できる巨大な臼砲《きゅうほう》が来る」

噂は消えては出て、また消えた。みな不自由な体で見えない希望の糸口を探していた。三カ月後、なんとか足を引きずりながらも歩けるようになった。除去してくれる軍医もいなかったため、被弾した破片は食い込んだままだった。

◇

中野が戦線を離脱した後、烈兵団は激戦の末、コヒマを占領した。占領したものの、確実に支援を増強する英国軍に対し、弾薬、食糧は尽き、戦闘を続けることは不可能だった。補給を依頼する佐藤の電文にはこう記されていた。

――弾一発、米一粒モナシ。

元々、作戦遂行に懐疑的だった佐藤は司令部の「コヒマを死守せよ」との指令に対し、五月二十五日、さらに電報を打った。

――状況ニヨリテハ師団長独断処置スル場合アルヲ承知セラレタシ。

六月一日、佐藤は司令部の再三にわたる督励電報を無視し、独断での撤退を決めた。日本陸軍始まって以来の出来事だった。日本軍は雪崩《なだれ》をうって崩れていった。

何事も率直に語ってくれる中野だが、このことに関してはお茶を濁したような話し方になる。

「偉い人の事はよく分かりません。私たち兵隊は進めといわれれば進み、止まれといわれれば止まる。兵隊というものはそういうものです。ただそれだけです。私は作戦がよかったのか、悪かったのか、何にも分かりません。私は戦争に連れて行かれたのです」

中野の自宅には戦争関連の書物があった。数十年後に、無謀で無益な作戦全体の構図を知ったときの怒りはいかばかりだろうか。口を開けば批判になると思っているのか、取材の間に中野の口から「牟田口」の名は出てこなかった。

佐藤の独断をどう判断すべきか。烈師団の撤退で他の二師団の戦闘がさらに不利になったのは確かだろう。しかし、英国軍の迫撃砲に対し、何の補給もなく、素手でコヒマを守ることはできない。結果的に烈兵団二万三千四百三十九人のうち戦死者一万一千五百人を数えた。司令部に従っていたら、二万人以上が死亡した可能性が高い。かろうじて半分を生き残らせることができたといえるのではないだろうか。

◇

六月六日、ビルマ方面軍の河辺正三《まさかず》中将と牟田口が面会した。牟田口は回想にこう記している。

——もはやインパール作戦は断念すべき時機であると咽喉《のど》まで出かかったが、どうしても言葉にすることができなかった。私はただ私の顔色によって察してもらいたかったのである。

自らの功名心から推し進めた作戦を収拾するに当たって、「顔色から察してほしかった」と書き残す男のために、数万の兵士が死地に追いやられた。

七月八日、インパール作戦が正式に中止された。

米国国立公文書館に、戦後、連合軍が尋問した調書が残っている。この調書は「四月末には作戦失敗を認識した」との牟田口の供述が載っている。少なくとも四月に中止していれば、どれだけ損害が少なかったか、何人が生きて日本に帰ることができただろうか。

にもかかわらず、牟田口は将校にこう訓辞したという。

「佐藤の野郎は食う物がない、撃つ弾がない、これでは戦争できない、というような電報をよこす。日本軍というのは神兵だ。神兵というのは、食わず、飲まず、弾がなくても戦うもんだ。それが皇軍だ」

「無茶口」というあだ名で呼ばれていた。

撤退途中の七月九日、佐藤は「師団長解任」の電報を受け取った。理由は「抗命」である。

インパールを攻めていた祭兵団の山内正文師団長も佐藤よりも先に、六月十日、病気を理由に解任した。

た。

——第一線部隊ヲシテ此ニ立チ至ラシメタルモトハ実ニ軍ト牟田口ノ無能ノ為ナリ。

こういう電文を送った弓師団の柳田元三師団長も作戦遂行能力に問題ありとして解任され

作戦遂行している現場の師団長全員が解任されるという異例の事態だった。司令部は当事者能力を失っていた。

日本軍十万人のうち三万人が死亡、傷病兵四万人。ガダルカナル作戦を上回る損耗率である。作戦失敗の「責任」はだれが取るのか。どう取るのか。

クンタンの第十五軍司令部に到着した佐藤は怒鳴り込んだ。

「牟田口はいるんだろうな」

前線で戦闘指揮を執って留守という参謀と押し問答が続いた。

「どうぞ私を切ってください」。参謀がひざまずき、首を差し出した。

「貴様のような者を切ってもどうにもならん。おれは牟田口をたたき殺すんだ。牟田口に会わせろ」

上意下達が絶対の軍隊ではあり得ない光景だった。

佐藤は命令に従わなかった抗命罪に問われることは撤退を決めたときから分かっていた。それよりも、軍法会議の席で今回の作戦について、徹底的に糾弾するつもりだった。

佐藤は軍医の診察を勧められた。

「このとおり健康です。コヒマ攻略の勇将に対しはなはだ非礼ではありませんか」

強く拒否したが、三日間にわたる診察が行われ、骨髄までも採取された。

ラングーンにあった第十五司令部の上部機関のビルマ方面軍では、佐藤に「心神喪失」という心の病を押しつけようとしていた。師団長は天皇が任命する親補職であり、責任が自分たち上層部に及ぶことを避けようとした。佐藤を罪に問うわけでもなく、病気という曖昧《あいまい》な形で「責任」の所在をはぐらかした。

佐藤は十二月二十三日付けで、インドネシアにあった十六軍司令部付きを命じられた。口をふさぐように、ジャワ島に幽閉された。佐藤は言い残した。

「牟田口は鬼畜だ」

撤退が始まったころ、司令部で牟田口が藤原岩市参謀にぼそっといった。

「これだけの作戦の失敗をしたら、わしは腹を切らねばならんのう」

これに対し、藤原の返答である。

「昔から死ぬ、死ぬといった人に死んだためしがありません。司令官から私は切腹するからと相談を持ちかけられたら、幕僚としての責任上、一応、形式的にも止めないわけには参りません。司令官としての責任を真実、感じておられるのなら、黙って腹を切ってください。だれも邪魔したり、止めたりいたしません。心おきなく腹を切ってください」

牟田口は形式上、責任を取らされる格好で予科士官学校の校長に異動した。第十五司令部長官に比較して、格落ちではあるが、要職である。その予科士官学校で未来の指揮官を前にこう訓辞した。

「最近は現場の責任指揮官、特に師団長にろくなやつがおらん。だから負け戦が続くんだ」

マラリアで、コレラで、アメーバ赤痢で、飢餓で苦しんで死んだ一人一人に聞かせたい言葉だ。

終戦後、戦犯容疑で逮捕されるが、日本軍に甚大な損害を招き、英国軍の作戦遂行を容易にしたという理由で不起訴処分になった。

戦後、東京・調布で長い余生を送る。

「牟田口司令官は死んだ兵隊たちに誠にすまなかったと頭を下げたことは死ぬまで一度もなかった」

かつての部下が話したという。

「私のせいではなく、部下の無能さのせいで失敗した」

牟田口は自己弁護に終始した。それどころか、部下の葬儀会場で自分にいかに責任がなかったかという冊子を配布したこともある。

一九六六（昭和四十一）年、七十八歳で死去。多磨霊園に墓所があるが、名前と戒名以外には刻まれていない。

結局、失敗すべくして失敗したインパール作戦の責任はだれも取らなかった。責任の所在は曖昧なまま終わった。責任を組織で包み隠す。失敗をパッチワークのように貼り付けながら、ビルマを越えインドまで戦線を拡大していった日本軍の姿だった。

――責任を取らない。

――責任の所在を曖昧にする。

現代の学校、会社、役所など、日本の組織の不祥事の多くはこの事に起因している。もっとも大きな組織である国に当てはめても同じことがいえるのではないだろうか。日本軍のインパール作戦失敗から何も変わっていない日本の組織。これが日本人集団の特性としたら、あまりにも寂しいが、現実である。私たち日本人は、六十年以上前の失敗から何も学んでいないのではないだろうか。

◇

食糧もなく、戦う敵もなく、目的もない。ただ歩く。生き延びることが目標の「白骨街道」の始まりだった。攻撃前進しているときは任務達成の使命感もあって動いた体が、いうことをきかなくなっていた。

野戦病院で横になっていた中野は驚いた。コヒマを占拠しているはずの烈兵団が、突然ウクルルに現れたのだった。病院で飛び交った希望的な噂とは違い、姿を見せたのは待ちわびた「強力な援軍」でもなく「新型兵器」でもなく、刀折れ矢も尽きた無惨な敗走兵だった。白すでに数百人の負傷兵が横たわっている病院に二千人もの負傷兵がさらに収容された。白くふやけた死体を片付け、負傷兵を横たわらせた。穴を掘るのが間に合わないほど、死体の数が増えていった。徐々に回復していた中野は衛生兵としての任務を果たそうとしたが、薬品もなく、呆然と負傷兵を見守るしかなかった。

敗走してきた烈兵団の兵士も落胆した。食べ物も薬もあると、夢にまで見たウクルル。それが、この世の生き地獄のように見えた。だが、ウクルルは地獄のほんの入り口にすぎなかった。

——草を喰らひ泥水を啜り眦《まなじり》を決して進むも飢餓と悪疫にたふれる者相次ぎ死屍《しし》累々と横たはりて休息の地を求むるに苦しむ　困憊《こんぱい》の果て自爆すあり或は茫然として只雨の天空を睨む　惨澹たる山渓は死臭に満ちて目を蔽《おほ》はしむ。

名古屋市の護国神社にある心の塔には烈兵団の当時の様子をこう記してある。

破片は体に残ってはいたが、どうにか歩けるようになった中野は仲間の第五十八連隊とともに南下を始めた。何人もの傷病兵や死体を追い越し、傍らで休息を取り、眠りについた。「フミネこそ物資山のごとし」といわれた次の補給地フミネにも、なにもなかった。制空権も完全に支配されていた。中野の耳にも、時折、敵機の爆音が聞こえるようになっていた。

標高が下がるにつれ、忘れていた猛暑が蒸し返してきた。ブヨや蚊も増えた。マラリアの危険が高くなってきたが、どうしようもなかった。

熱帯で生きていくこと自体、一生、マラリアとの闘い、マラリア原虫を媒介するハマダラカとの闘いである。

マラリアは現在でもWHO（世界保健機構）の推計で一年間に三億～五億人が発症し、百五十万～二百七十万人が死亡している。日本でも戦前は数万人の患者が出た。マラリアはマラリア原虫を持つハマダラカ属の蚊に刺されると、マラリア原虫が体内に侵入、潜伏期間を経て、悪寒とともに体温が急上昇し、治療が遅れると意識障害や腎不全を起こし、死亡することもある。

現在でも、感染を防ぐワクチンのような予防薬は開発されておらず、クロロキンやメフロキンなどの発病を抑える予防内服薬があるだけだが、いずれも吐き気や腹痛、胃腸障害など強い副作用がある。しかも、予防薬に耐性があるマラリアも多く、熱帯地域を旅行する場合には、服用すべきか否か、医師により、意見が分かれている。

お尻を上げた形で止まるハマダラカに刺されないことが最大最高の予防であり、長袖、長ズボンを着用することなどしかない。アジアやアフリカ取材を通しての私の経験からいえば、現地でも蚊取り線香は売られているが、日本製の効き目は絶大。二〇〇四（平成十六）年十二月のインド洋大津波の際、急遽、スリランカに取材に入ったが、現地で購入したNINJAという蚊取り線香は部屋中が煙いほどなのに、いつまでも蚊がブンブン飛んでいた。

南洋を含め、日本陸軍が惨敗した理由のひとつがこのマラリアである。

連合軍はクロロキンなどの予防薬を開発していたのに対し、日本軍はキニーネやアテブリンといった旧来の薬剤しかなく、それもミッドウェー海戦での敗北以来、制海権を奪われて物資の補給が滞った大戦末期には戦地で入手できなくなった。

雨季のジャングルを行軍したインパール作戦参加の日本軍十万人が蚊に刺されないはずはなく、ほとんど全員がマラリアに感染していた。

ビルマ奥地のマラリアは悪性の熱帯マラリアで、連日の高熱と脳障害で錯乱状態になり重体化し、命を取り止めても頭髪どころか、眉毛までも抜け落ちた。回復した後でもマラリアに感染した体で胃腸障害など別の病気を併発した場合、すぐにマラリアが再発した。ビルマ奥地でマラリアに感染せずに生活することは不可能だ。マラリアに耐性がない子供は大人になる前に死亡し、耐性がある限られた者だけが成人する。日本人が生きるにはあまりにも過酷な自然環境である。

タイまでの敗走路は、廃人同様の夢遊病者のような兵士がゾロゾロと「東へ東へ」と歩く、この世の生き地獄だった。ビルマで戦死した十九万人の多くは弾に当たって死亡した戦死ではなく戦病死で、戦争で死亡すれば同じ戦死とはいえども、心残りな無惨な死に様だった。

中野が進む道には、数メートルおきに力尽きて倒れている者がいた。死んでいるか、生きているか、分からなかった。川のせせらぎと思い、目を覚ますと、死体にたかっていた蠅の羽音だった。

うつろな目でこちらを見る者もいた。

⑫補給もなくただ歩く日本兵。飢餓や病気で眠ったように死亡する兵士が多かった。

「追及してこーい」

中野が声をかけても、うなずくこともできなかった。ただ、奇跡が起きるのを待っているかのような者もいた。雨が降っていなければ、道々に火が絶えず燃やされていた。道しるべである。後から来る者がまた木をくべた。無言の約束事のように火を守り続けた。お互いの命の炎だった。

「持っているのは自決用の手榴弾だけでした。治療が任務でしたが、何にもできなかった。どこを歩いているかも分かりません。私はただ生きて、ただ歩いているだけでした」

だれもが自分の命の火を絶やさないことで精いっぱいだった。

敵の襲来を恐れて夜間に行軍することが多かった。負傷が完全に癒えていない中野は遅れまいとついていった。部隊と離れると、食料にも難渋するが、目的地が分からなくなる。時折、爆音が山にこだました。自爆する音だった。

「また日本兵が一人死んだと思いましたが、悲しいような気持ちにはなりません。また一人死んだと思っただけです」

　中野も手榴弾を手放さなかった。山道は足を引きずりながら歩く数万人の日本兵の敗走路となり、踏み固められていった。中野の実行程は一千五百キロを超した。

◇

　第五十八連隊の再集結地はアンダマン海までわずか五十キロほどのところにあるサルウィン川ほとりのパアン。最後の行程はパプンからの二百五十キロ。五月三十日、パプンを出発した。佐藤が独断撤退を決めてから一年が経っていた。中野も長い距離を歩いた。再び訪れた本格的な雨季。驟雨《しゅうう》のなか、濡れ鼠の行進になった。六月九日、パアンに到着した。

　パアンでの任務は雨季が明けた後のサルウィン河畔決戦に備え、陣地構築に当たることだった。だが、豪雨と氾濫《はんらん》の気候条件もあったが、一年に及ぶ強行軍で元気に作業ができる者など一人もいない半病人の部隊だった。

　中野ら八人はパアンのサルウィン川対岸にあるラッカという村に駐屯した。よれよれの中野たち日本兵を哀れに思ったのか、ラッカの村人がこれまでに経験したことがないほど、親切にしてくれた。ラッカはカレン族などの山岳民族が混在していたが、和気藹々《わきあいあい》と暮らす田舎町だった。

「みんなで米を搗《つ》くのを手伝って、食べ物を分けてもらったりして、久しぶりに楽しいと思いましたね」

食糧事情がよくなったことで、死亡する兵士も少なくなり、次の戦いに備え、英気を養った。

村は時折、「タコ」と呼ばれる武装集団に襲われた。戦争末期で治安が悪化し、同じような武装集団が各地に出没していた。中野は村長の隣の民家に寝泊まりして、用心棒を買って出た。同じように他の日本兵も主要箇所に寝泊まりした。

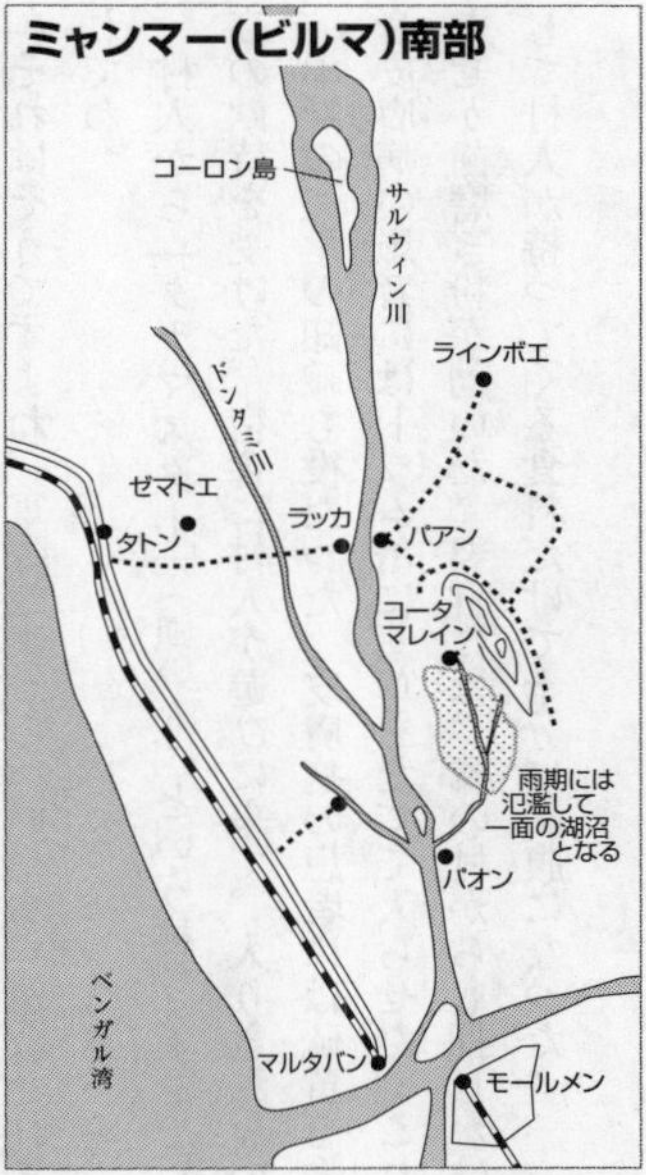

ミャンマー(ビルマ)南部

雨が小やみになったある晩、銃声と怒声が響いた。タコの襲撃である。待ちかまえていた中野ら日本兵が村の入り口で迎撃した。いくら銃を持った武装集団でも、こちらは本物の軍、しかも歴戦の強者、「白骨街道」を生き抜いた兵士である。ひとたまりもなかった。

「それはそうですよね、軍隊ですから。いやあ、尊敬されましたよ。日本人は強いっていわれてね」

村人から「タナマスター」（強い人）という称号をもらい、お寺で酒にごちそうという最高の歓待を受けた。宿舎に村人が遊びに来て、入りきれないこともあった。

中野の医学の知識も役だった。皮膚病の患者には硫黄を塗るだけでてきめんに効いた。全身皮膚病の患者にはドラム缶に薬草をたてて入らせた。これもてきめんに効いた。腹痛にはなぜか歯磨き粉が効いた。翌日には、隣の村からも押しかけ、朝から列ができた。治療代として村人が持ってくる食料だけで十分に満腹になった。

いつのころからか、敵機が上空をのうのうと飛び、ビラを巻くようになっていた。

――日本は至るところで敗れ、内地は焦土と化し、親兄弟、妻子は食うに食なく、住むに家なく、路頭に迷っている。兵士は速やかに戦闘行動を止むべきである。

そんな文面のビラを拾ってから数日後の八月十五日、パアンの軍通信部が無電を傍受した。

――ポツダム宣言を受諾して戦争が終わった。

そんな内容だった。翌日、噂は駐屯している周辺の村を駆け巡った。

「ポツダム宣言ってなんだ」

だれもが無条件降伏するというポツダム宣言の内容は分からなくても、どうやら敗戦したということは分かった。中野の駐屯地ラッカにも「敗戦」の噂が届いた。

「またビラのような一種かと思いました。急に敗戦と聞かされても信用しなかったですね。勝っていると嘘を聞かされていましたし、いつの間にかそういう情報を信じなくなっていましたから。戦争に来てからそういう情報ばかりでしたから」

前進、攻撃、転進、勝利、援軍、補給、薬剤……。ビルマに入ってから、多くの情報に一喜一憂して、踊らされていた。いつしか、自分の目、耳だけを信じるようになっていた。だが、現地の村人からも「日本が戦いに敗れた」という話を聞くようになり、初めて確信した。所属している日本軍の情報よりも、現地の村人を信じる中野がいた。

旗護兵・真島猛

タイ・メーソートの自宅に、中野は手紙を持っていた。差出人の住所は新潟県小千谷市。二〇〇四（平成十六）年十月二十三日午後五時五十六分に発生した中越地震の震源地だった。この地震では六十七人が死亡、四千八百五人が負傷、避難住民は十万人を超えた。阪神大震災と同じ規模の地震だったが、山間部で住宅密集地が少なかったことと、豪雪地帯のため、雪の重みに耐えられるように家屋が頑丈に作られていたことが被害が少なかった要因といわれている。

私は地震の被災地取材のため、小千谷市内に三週間ほど泊まり込んだ。

小千谷は中野の故郷である。タイのメーソートで中野と中越地震について雑談をしていると、彼が出征する前と現在とで、市役所や警察、学校、幼稚園などの主要な建物の位置がほとんど変わっていないことに驚いた。戦前の地図がいまでも通用するような、昔から変わらない街である。

新潟は私にとって第二の故郷ともいえる。新聞記者になって初めての赴任地が新潟支局。冬は毎朝、アパートの前を通る除雪車の作業をする音で目を覚ました。屋根の雪下ろし作業中に転落し行方不明、春には山菜採り、秋にはキノコ採りで行方不明。そんなベタ記事をいつも書いていた。

だが、豪雪などの自然環境よりも、質実剛健そのものの新潟人の人柄にしびれた。新潟の人は他県からの人間に「新潟はスギと男は育たない」と自嘲気味に話す。気候風土が厳しく、スギと男は大きくならないという意味だが、新潟の男は大きくならないのではなく、大きく見せないだけだということが長く暮らすと分かってきた。寡黙になってみたり、苦み走ってみたり、多弁になってみたりと、人によって表現方法はそれぞれに異なるが、何事にも自分の「男度」をアピールしたがる私のような九州出身者としては、本当に大きく見せようとしない新潟の男の存在に驚いた。

だが、例外もいた。田中角栄である。一九八五（昭和六十）年に脳梗塞《のうこうそく》で倒れ、右半身が不自由になっていたが、数年に一度、娘の真紀子とともに「お国入り」をした。私が赴任した一九八九（平成元）年でも、国境の長いトンネルを越えるとそこは「角栄王国」だった。角栄を乗せた車は後援者が待つ施設まで来ると、手を振る姿がよく見えるように、スピードを落とし、後部右側の窓を開けた。待ち受ける人々は「万歳、万歳」を繰り返し、涙を拭く人も数多かった。熱狂的な出迎えはどこの街でも同じだった。「スギと男は育たない」という新潟にあって、自分たちの代弁者となって、男をアピールする角栄は英雄だった。

「関越トンネルを通過」

角栄がお国入りすると、新潟県警警備部ではかなりの人手を割き、何事もないように緊張を強いられる。余計な仕事のように思われるが、県警幹部がこういった。

「そんなことないさ。うれしいもんだよ。角さんが元気なだけでね。分からねえさ、よその人には。角さんに対する思いはね。あと三十年、ここで冬を越すと分かるんでねえか」

雷が鳴り、重い雲が垂れ、横なぐりの雪が降る冬を三十回も過ごさないと新潟の人の心情は理解できないのかと途方に暮れた。三メートルを超す豪雪のような積み重ねが新潟の男を造り上げている。

◇

中越地震直後、小千谷市中心部にある総合体育館には多くの被災者が身を寄せた。駐車場では自衛隊の炊き出しが行われ、温かいおにぎりと豚汁が配られた。「遅い」「寒い」と文句一ついわず、「ありがたいことです」と老若男女が頭を下げて受け取っていた。新潟支局から離れ、十五年ぶりの新潟での取材だったが、変わらない実直で謙虚な姿にホッとした。

その総合体育館のすぐ裏手に新しい分譲住宅地がある。雪対策で床下は高くなっているが、垢抜けた家が並んでいる。当てずっぽに一軒一軒訪ねるつもりだった。

手始めに、自宅の花壇の手入れをしている老人に声をかけた。

「すみません、この辺りに真島さんのお宅はないでしょうか」

「なんの用かね」

小柄で気のよさそうな顔つき。すっくと立つ腰は伸び、足取りも早い。八十七歳になる真島猛だった。

――アパイ君の元気な写真を頂戴し、うれしく思っております。住所が分からず、御返事が遅れたことをお詫び申し上げます。小千谷市に移住し、立派な家に住んでおられる写真を拝見いたしました。何よりです。私はもう老人扱いで孫の世話をして楽しい生活を過ごしております。小千谷市では大震災で家を押し流されたり、つぶされたり、死者も相当数との事、罹災者の方には深く同情申し上げます。

タイで中野から見せてもらった手紙の返事が届いていた。目の前の老人はカレン語で「アパイ」と呼ばれていた。

◇

真島猛は一九二〇（大正九）年、新潟県川口町の農家の次男として生まれた。貧しい小作

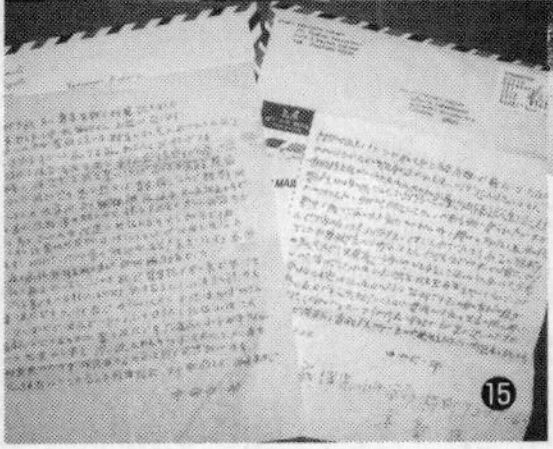

⑬真島猛。⑭真島猛の若き日の写真。
⑮真島に宛てられた中野弥一郎からの手紙。

農だった。一九四〇（昭和十五）年十二月二十日、中野と同じ歩兵第五十八連隊（新潟・高田）に入隊した。中野よりも入隊は一年早いが、年齢は同じだった。

歩兵として、銃の取り扱いや野営の仕方など軍隊の基本的な訓練の後、一九四一（昭和十六）年中国戦線に派遣された。長江から南京上陸後、トラックに揺られ、湖北省宜昌に向かった。

宜昌は当時、蒋介石の国民政府が首都にしていた重慶から四百八十キロのところにあり、四川盆地の表玄関に当たる。国民政府は重慶に遷都する際、工業設備を大型船で宜昌まで運び、小型船に積み替えたという交通の要衝である。

現在は長江をせき止める世界一の三峡ダムが建設され、様相が一変しているが、河川交通の重要拠点であることには変わりはない。

前年の一九四〇（昭和十五）年、日本軍はすでにこの宜昌を制圧していた。そこに補充兵として、真島も加わった。初陣は七月の宜昌北方作戦。主力軍が長沙に遠征するため、宜昌の北に陣取っていた中国軍に一撃を加え、留守部隊の不安を解消する作戦だった。

「初めてだからよく分からなかったこともありますが、怖いとか武者震いするとか、あまり感じませんでしたね。まあ、戦争ですから」

真島はこともなげに話す。このあたりの「自ら望んで戦争に行ったわけではなく、時勢で仕方なく参加した」という気負いも衒《てら》いもない戦争観は同じ部隊の中野と共通している。

夜明け前、真島の所属している大隊が岩山を占領したが、山麓から山頂にかけ、執拗な逆襲に遭った。山麓に待機している友軍が勘違いをして攻撃しているのかとも思えた。友軍同士の相打ちを恐れ、全員で「第六中隊」「鈴木中隊」と大声で呼びかけるが、反応がない。今度は軍歌だ。「花は吉野に嵐吹く　大和男子と生まれなば……」。それでも射撃は収まらない。

そのうち、前方から突撃ラッパとともに、手榴弾が一斉に投げ込まれた。「敵だ」という間もなく、背中に強い痛みが走った。

「どのくらい経ったのか全く覚えていません。気がつくと、ガソリンの缶を持って立っている男がいましてね。敵か味方か、何がなんだか、分かりませんでしたよ」

戦地は堅い岩山で、穴を掘ることもできない。背負って下山することもできない。真島を死んだと思い、遺体として焼却しようとしていた。

「おう、真島、お前生きているのか」

背中に五センチ四方の破片が食い込んでいた。だが、わずかに脊髄を外れていた。真島は九死に一生を得たことになる。

「死んだと思いましたよ。あのまま、置いていかれていたら、やっぱり殺されていたでしょう。いつか死ぬと思っていたので、その時が来ただけという感じでしたけど、私は運がよかったんでしょうかね」

真島と向かい合っていると感じることだが、中野にあるような「何がなんでも生き抜く」という心底の思いは感じ取れない。だが、「なんとなく死なない」という、とらえどころのない強さをひしひしと感じる。それがあるからこそ、真島は様々な死線を越え、八十七歳の現在まで生き抜いている。

数カ月後、回復したころから補充兵の教育係を務めることになった。万事に控えめな真島が照れながらいった。

「意外とがんばり屋でしたから」

すでに上等兵に昇格していた。日本から到着した補充兵の大半は年上で職業を持っていた社会人ばかりだ。言葉は越後訛りがきつく、軍服も浮いてみえるような田舎のおじさんたちばかりだった。荷物を背負って一日数十キロも行軍できる体力もなかった。宜昌は訓練の場ではなく、戦地である。真島は一人前の兵士にするため、徹底的に鍛えた。

「そうですが、殴ったり蹴ったりする暴力をふるったことはありません。それだけは止めようと思っていました。される方もする方も嫌なもんでしょう」

現在の小学校や中学校の先生の話ではない。泣く子も黙る日本陸軍。殴られてなんぼの世界じゃなかったのか。

「殴ったことは本当にないんですよ。その後もないと思いますよ。どうしてかといわれてもやっぱり嫌だったからでしょうか」

信じがたい事だが、そうだっただろうなとだれもが納得する。真島はそんな男である。

一九四二（昭和十七）年の夏から秋にかけ、第五十八連隊は猛訓練に明け暮れた。目的は中国政府の首都・重慶攻略、中国戦線の一大決戦になる。連隊全体の士気は上がっていた。

だが、十二月末、連隊を乗せた船は長江を下り始めた。

中国軍に対する陽動作戦もあり、行き先は秘匿《ひとく》されていた。

「第五十八連隊はガダルカナルに応援に行く」

船内でだれからともなくそんな噂が広がった。当時、ガダルカナルは米軍の猛反撃に遭い、苦戦していることは中国戦線にも知れ渡っていた。呉淞港に到着後、「不要の私物は日本に送るように」という命令が出た。真島は緊張した。

「ついに南方に行く時がきたと思いました。その前に一度、日本に帰れるとの噂もありましたが、あきらめました。数カ月前からそんな噂はありました。第百十八連隊と対抗演習したときも負けた方が南方に行かされるという話で、みんな必死でしたよ。南方はいい話を聞きませんでしたからね」

上海から台湾・高雄を経て二週間。南十字星がまたたくようになっていた。

「やっぱり、ガダルカナルかって。日本を出てから、戦争に行き、自分の意思とか希望なんてなくなっていましたから、どこでも同じだったですよ。戦争をするだけですよ。相手は中国人でも、英国人でも同じでしょう。いつか祖国に帰るという希望も、あまり考えたことはありませんでした」

一九四三（昭和十八）年二月十日。甲板から見ると、緑の丘の中腹に色とりどりの洋館が並んでいた。見たことがない美しい街並み。死を覚悟したガダルカナル行きを予想していただけにうれしさも格別だった。シンガポールと聞き、また驚いた。これで地獄に行かなくてもいいと、仲間と手を取り合ってはしゃいだ。だが、行き先は「地獄のビルマ」に変更されていただけだった。

半年後の七月六日、泰緬鉄道でビルマ領内に入り、モールメン到着後、上官から呼び出しを受けた。軍旗を護る旗護小隊に入れという命令だった。

歩兵や騎兵連隊の連隊旗を軍旗と呼び、天皇陛下から親授されたため、単なる旗ではなく、天皇陛下の分身、連隊の魂として取り扱われた。

軍旗は十六条の旭光が射出している日章旗で、縦二尺六寸（約七十八センチ）、横三尺三寸（約一メートル）、周囲の絹の房は紫だった。

戦後の回想録には「一度だけこっそり軍旗の房に触れたことがあった。この上なく感動した」などという文章が散見される。軍旗はそれほどに神聖視されていた。

五十八連隊の軍旗は一九〇五（明治三十八）年に拝受した。一九二六（大正十五）年、軍縮で一度奉還したが、すぐに再拝受した軍旗は、日露戦争、満州警備、中国戦線の激戦の間に旗地がボロボロになっていた。

軍歌「敵は幾万」の中に「旗は飛び来る弾丸に 破るるほどこそ 誉れなれ」とあるように、よれた軍旗は連隊歴戦の証だった。

軍旗は神社に参拝する際と天皇陛下以外には敬礼のために垂れることがないようにと「陸軍礼式」に定められていた。絶対に撤退をしないという意味で、「廻れ右」をせず、「右向け右」の号令を二回繰り返し、方向を変えた。この形式的な事柄からでも、日本陸軍の象徴ともいえる。

陸軍に対し、万事、合理的な海軍の場合の軍旗は軍艦旗で旭日旗というが、用途に応じ様々な旗が使用された。古くなったら取り替えるという消耗品扱いであっさりしたものだったが、その代わりに天皇皇后両陛下の写真「御真影」が飾られていた。海軍の陸戦隊も軍旗同様の戦闘旗があったが、旗手は下士官だった。

真島が入隊した旗護小隊は旗手一人に旗護兵三十人から成り、五人グループが交替で二十四時間、立哨護衛した。旗手は陸軍士官学校を卒業した品行方正な者が選ばれ、旗護兵も連隊から優秀な者が選抜された。

「日本陸軍の兵士にとって、軍旗の側にいて護るということは本当に栄誉なことですから、命令を聞いたときは、飛び上がるくらいうれしかったですよ。自分でいうのも何ですが、私もがんばりましたからね。でも立哨護衛のとき、三回だけ居眠りをしたことがあるんですよ」

そういいながら、真島は自慢げに黄ばんだ写真を見せてくれた。中国の丘の上だろうか、土の上に立てられた軍旗が写っている。穴があき、房はちぎれ、長方形の原形をとどめていない。竿頭に菊の御紋章が付いている。これが天

⑯真島猛が命よりも大事にした軍旗。戦中から真島が持っている二枚の写真のうちの一枚。

皇陛下の分身、連隊の魂だった。

いまでも真島の手元にある戦前の写真は、この軍旗と出征前の自分の写真だけである。

軍旗は普段、連隊長の近くになければならない。連隊長は全体の指揮を執るため、全体を把握できる後方に陣取る。当然、軍旗を護る旗護兵も前線よりも少し下がった位置にいることが多いが、連隊総攻撃の際は最前線に出撃する。

——今夜半、歩兵第五十八連隊は軍旗を奉じ、サンシャック陣地を夜襲をもって総攻撃を敢行する。

一九四四（昭和十九）年、三月十五日。中野が被弾し負傷したサンシャックの戦いである。

真島は仲間の旗護兵らとともに、連隊旗手の山上博少尉に呼ばれた。軍旗を中心に寝食をともにしてきた六人全員で、最後に残ったジャワたばこの「マスコット」を分け合って、吸った。一服がしみたが、真島は感傷的な気分にはなれなかった。

旗手の山上が戦死した場合、阿部少尉が旗手になる、阿部少尉が戦死の場合は芳泉中尉が旗手を務めることなどの細かい指示を、山上から受けた。

さらに、万一敗れた場合、軍旗はガソリンで焼却、御紋章は手榴弾で爆破せよ、との指示を受けた。真島の水筒には常にガソリンが入っていた。

「軍旗を敵に奪われることがあってはならないんですよ。軍旗は連隊の命ですから、奪われそうなときはどんなことをしても私の手で焼かなければなりません。私の命なんて比べられません」

サンシャックの戦闘は一週間も続いていた。死体をかき分け突撃準備位置まで進む。午後十時、突如、敵の一斉射撃が始まった。機関銃の曳光弾《えいこうだん》が頭の上をかすめる。迫撃弾が足下で炸裂する。真島は仲間と急ぎ掘った壕にうつぶせに這いつくばった。

二時間ほど経っただろうか。ぴたりと砲撃が止んだ。旗手、旗護兵ともに全員無事。真島が持っていた水筒のガソリンも必要としなかった。

日本軍が当時の英国首相チャーチルの名をとって「チャーチル給与」と呼んだ、英国軍が置いていったコンビーフの缶詰と干しぶどうをかじり、生き返った。

「こんなにうまいものがあるのか。敵さんはこんなものを食って戦争をしてるのか。うらやましいというか、驚きましたね」

それに引き替え、三週間分の食料は底を突き、「ジャングル野菜」と称した野草を食べるしかない日本軍。とても勝ち目はなかった。

六月一日、師団長の佐藤の独断で撤退が始まった。四千人の師団だったが、すでに一千八百人の傷病兵を抱えていた。このうち一人で歩ける患者一千人、担架が必要な患者八百人。一人の患者を担架で運ぶ場合、交代要員を含め八人の健康な兵が必要だった。

撤退する部隊は「患者護送隊」といってもいいほどだった。敵機の攻撃を避けるため、夜間行軍となったが、遅々として進まず、一夜の行程はわずか八キロから十キロ。歩いていた患者も一人消え、また一人消え、担架の患者も亡くなり、担架を担いでいた兵士も病に倒れた。

ただひたすら歩く毎日。急峻な山道と雨ですぐに靴がだめになっていった。真島は気の毒だとは思いながら、倒れている兵士の靴を脱がそうとした。すると兵士が目を閉じたままこういった。

「まだ、生きています」

驚いた真島はあわてていった。

「追及してこーい」

あの兵士は再び歩けただろうか。

雨季の深まりとともに、コレラに倒れる者も増えた。進軍中は生水や生の物は口にするなという指示が徹底できたが、撤退中の兵士の耳には入らなくなっていた。衰弱した体で感染すると、激しいおう吐、腹痛を伴い、わずか一時間で死亡する者もいた。医薬品のない状況では煮沸した水を飲ませる以外に対処法はなく、次々と感染が広がっていった。死者は石灰で消毒した上で埋葬された。

――現在地にコレラ患者あり。

墓の代わりの張り紙を残した。後続部隊への警告であった。

進軍していた時には目的があり士気もあった。しかし希望もなく士気もなく、豪雨のなか餓鬼道をさまよい歩く姿は精強をもって知られた五十八連隊ではなかった。

軍旗も連隊の疲弊と歩調を合わせるかのようによれていった。真島もビルマに入ったころマラリアに感染していた。体調が崩れると再発した。

⑰こんな山道をいくつも越えた。食べ物も補給もない敗走路。日本兵は餓鬼と化した。

「どんなに高い熱が出ても、ガソリン入りの水筒は手放さなかったです。もちろん自分が飲む水よりも大切にしました。水は後でも手に入るけど、ガソリンはあれしかなかったですからね」

ガソリンは連隊の最後の最後のとき、軍旗を焼いて天皇陛下にお返しする「奉焼」の際に使わなければならなかった。

一九四五（昭和二十）年六月、サルウィン川河口近くのラッカ村。真島は中野とともに駐屯していた。中野がこの上なく、楽しく感じていた村である。

「農作業を手伝ったり、米を搗いてあげて、食料をもらっていました。のんびりとしていましたね」

一年間も敗走してきた後である。戦いには敗れた

⑱褌姿で脱穀をする日本兵。農作業を手伝って米を分けてもらうこともあった。

が、平和で愉快な日々だった。中野は当時の真島のことを覚えている。

「真島はひょうきんなやつで、現地のみんなの前で民謡を歌って踊っていたよ。それでみんなが大笑いして、喜ばれていたよ」

真島にそのことを尋ねると照れ笑いを浮かべて話した。

「そんなこともあった。現地の人が地元の歌と踊りを教えてくれたから、こっちもと思い、花笠音頭を教えたんだよ。中野はよく覚えていたなあ。自分でも忘れていたなあ、いやあ」

だが、そんな日も長くは続かない。

八月十七日午後九時。パアンの五十八連隊の本部があわただしく動いた。

「将校、全員集合」

血相を変えて飛び回る伝令。将校全員がそろった。緊迫した顔が並んでいた。ビルマの灯火が風に揺れていた。

「みんな冷静に聞いてもらいたい」

隊長の落ち着いた声があたりの静寂を破った。整列していた将校全員が事態が決定的になったことが分かった。

「諸君、日本は無条件降伏をした。十五日に玉音放送が……。軍人として有終の美……。軽挙妄動を慎み……。私は隊長として最後の命令を……」

声にならない声が胸をえぐった。泣く者もなかった。全員一言も発しなかった。

敗戦の報はすぐにサルウィン川対岸のラッカに駐屯していた真島にも届いた。いつかは来ると思っていた日。手放さなかったガソリンを使う日が近づいたのだった。

――軍旗を奉焼せよ。

八月二十二日、師団からの命令を入電した。午後四時から、パアンの農業振興会の庭で行うことが決まった。

近隣に駐屯している兵士が集められ、参列した。旗手が軍旗にガソリンをかけた。点火。一九〇五（明治三十八）年から四十年間、第五十八連隊を見守り、日露戦争から転戦し、よれよれになった軍旗が一気に燃え上がる。

天皇陛下の分身。連隊の魂。真島の使命。

「もう、これで終わった、戦争に負けたんだと思うだけでしたね。日本に帰れるという気は起こりませんでした。祖国がどうのとか、新潟がどうのとか、何にも思い浮かびませんでした。日本に妻や子供がある者はそういうこともあるでしょうが、私は独身で二十歳から戦争しかしたことがない人間でしたから、ふぬけになったようなもんです」

御紋章も細かく砕かれ、サルウィン川深く沈めた。同時に真島の軍人魂もサルウィン川に深く沈んだ。

工兵・坂井勇

タイのメーソートの幹線道路沿い。中野弥一郎の家から五十メートルほど離れた所に白い立派な屋敷がある。鉄製の門から敷地の端まで百メートル。広い敷地に一軒家がひしめき合っている感じだ。坂井勇の自宅である。

庭仕事をしていた十代半ばの男の子に、「坂井さんはいますか」とタイ語で尋ねたが反応がない。男の子はタイ語ができないようだ。

「こんにちは、こんにちは、坂井さん、坂井さん」

二階で、うたた寝をしていた坂井は私の日本語に、何事かと飛び起きた。

自宅のひんやりとした石が心地よい二階のリビングに通され、車座になって話を聞き始めた。最初は記憶が定かではない場面も多かったが、会話が進むうちに、坂井の思い出の引き出しがいくつも開き始めた。

「それでね、ぼくがそのときね。でも、それはね」

⑲坂井勇と妻のマンメン。⑳若いころの坂井とマンメン。㉑メーソートにある坂井の自宅。この奥にさらに数軒の持家がある。

言葉が少したどたどしい。日頃、日本語を使っていないから忘れているのか。高齢のせいなのだろうか。

坂井の話を聞いていると、いつの間にか十代の男の子や女の子五人が坂井と私の顔を交互にのぞきこんで、聞き入っていた。それも顔に穴が開きそうなほどの熱い眼差《まなざ》しで。日本語が分かるのか。どうも気になる。坂井の子は男女四人、孫は十一人という。「お孫さんかな」と思ったが、違うらしい。

「パトゥが知らない言葉を話しているから珍しいのよ。あなたみたいな日本人も見たことがないから」

笑いながら七十四歳になる妻のマンメンが説明した。マンメンが世話をしている故郷のパオ族の子供たちだった。坂井はカレン語でパトゥと呼ばれている。坂井の目鼻立ちのくっきりとした容貌。外国人が話しているような日本語。周囲のパオ族の子供たち。妻マンメンの笑顔。渾然《こんぜん》たる雰囲気にどこの国の何人《なにじん》と語り合っているか、分からなくなってきた。

中野の妻のマ・オンジーはマンメンの一歳違いの姉である。中野よりも坂井の方が二歳上だが、坂井が義理の弟にあたることになる。

一九四八（昭和二十三）年、ビルマのラインボエというカレン族の村ですれ違った二人は義理の兄弟になっていた。

いまでも、中野は「アチョ」と呼ばれ、坂井は「パトゥ」と名乗り、二人の間でも「パトゥ」「アチョ」と呼び合う。日本語は使わず、ビルマ語で会話をしている。

タイ、ミャンマーに限らず、山岳民族の生活は厳しい。男は麻薬や覚せい剤の運び屋や密売、女は売春に走るケースも多い。タイ北部チェンマイの売春婦の半数以上が山岳民族出身といわれている。

マンメンさん姉妹は故郷の若者を引き受け、タイで仕事が見つかるまでの間、自宅の手伝いをさせながら多いときには十人以上も住まわせ、面倒をみている。メーソートまで行けば、何とかしてくれる。「日本兵に嫁いだ姉妹」はふるさとでは名の知れた存在なのだ。

◇

一九一〇（明治四十三）年六月、二百四十七家族、九百九人を乗せた移民船「旅順丸」がブラジルのサントスに入港した。

ブラジルへの移民はその二年前から始まり、今回が第二陣。移民募集の広告では、ブラジルが「舞って楽しくそして留まる」の「舞楽而留」の文字が当てられ、「親子三人で行っても月に百円は残る」と人生の楽園のように喧伝《けんでん》された。米十俵が十三円で取引されている時代のことだ。

移民たちは異国での生活の不安を弾き飛ばすほど、希望に満ちて新天地に降り立った。その中に妻、すえ乃さんと幼い長女を連れた坂井長松の姿もあった。長松は福井で織物業を営んでいたが、日露戦争後の不景気で売り上げが落ち、ブラジルに活路を見いだし、移民に応募した。

だが、実態はあまりに過酷だった。サンパウロ州の英国人が経営するコーヒー園での労働が二年間義務付けられ、コーヒーの実と葉をふるいにかけて分ける単純労働が与えられた。家さえもなく、とうもろこしの皮で作った布団に包《くる》まって寝る。奴隷のような暮らし。月百円なんてどこか違う世界のことだった。精神に異常をきたす者や、農園から逃亡する者もいたが、長松は耐えた。故郷に錦を飾るにはほど遠かった。

「お金がないからね。最初の日系一世は苦労したね。日本人ということで差別も受けた。ポルトガル語ができないからね。父親からよくそんな話を聞いたよ。大変だったよ、移民はね」

二年後、年季が明けた長松はわずかな給金を手にサンパウロの街に出ることができた。市場でバナナを仕入れ、街で売るバナナ売りから始めた。元手がいらない商売だったら、何でもよかった。元々、商売人である。

一九一七（大正六）年、坂井が三男として生まれた。男四人女三人兄弟だった。このころから、栽培した畑の野菜を市場に売りに出すようになり、ようやく生活が安定し始めた。

坂井の自宅はサンパウロ郊外にあり、日本人が通う小学校は遠すぎた。近所のブラジル人と同じ小学校に入学した。十六歳から二年間、仕事を終えてから、夜学に通った。父母とは日本語で会話するが、ポルトガル語で生活するようになった。

名前はジョアン坂井。みんなから「ジョアン」と呼ばれていた。

「教育もないよ。サンパウロから遠い田舎にいたから、日本人が行っていた学校に行けなかったからね。教育はブラジルの学校だけ、漢字もあんまり読めないよ。ブラジル生まれだからね」

幼いころ、父親の長松が日本のことを語った。ブラジルに渡ってからの暮らしは長松が日本で考えたようなものではなかった。いつまで経っても月百円残すには至らなかった。貧乏は日本でも、ブラジルでも同じだった。長松の募った無念の思いが、知らず知らずに望郷の念に変わり、子供たちに日本のことを語りかけたのだろう。成長するにつれ、坂井の中で、祖国が大きく膨らんでいった。

「父親はバナナ売り以外にも、いろんな野菜を売る商売をしたけど、どれもうまくいかなかったね。だから、一度、日本に帰ってからやり直そうということになった。日本に帰れば、なんとかなるという思いだったでしょう」

東京オリンピックが開かれるという話が日系人社会の間で広がっていた。

「生活もうまくいかなかったし、いいきっかけだったんですよ。途中で死んでもいいから、一度、日本に帰ろうということになったんです」

父母と姉の三人と一緒に東京オリンピック観戦のため、初めて帰国することになった。

一九四〇（昭和十五）年、「舞楽而留」のサントス港に降り立ってから三十年。坂井一家の「舞楽而留」暮らしは、舞うこともなく、楽しくもなく、そして、留まることもなかった。サントス港を出港した「サントス丸」は大西洋を北上し、パナマ運河を静かに通過した。第二次世界大戦のきな臭い匂いが立ちこめていたころ、「サントス丸」では甲板に出ることも許されなかった。まだ見ぬ祖国に向かう移民船はブラインドが下ろされたまま進んだ。開戦が一年後に迫っていた。

「アジアの一角に全世界の若者が集まる時、世界は新しい平和への幕開けを迎えるであろう」

一九三六（昭和十一）年七月三十一日、ドイツ・ベルリンでの国際オリンピック委員会で嘉納治五郎があいさつをした。柔道家、嘉納の迫力が勝ったのか、ヘルシンキに三十六対二十七の大差で、一九四〇（昭和十五）年、東京での開催が決定した。

その年は皇紀二千六百年に当たり、数々のイベントが予定されていたが、オリンピックは最大のイベントに位置づけられていた。開会式は九月二十一日、メイン会場は駒沢に決定した。

翌年に盧溝橋事件が勃発し戦線が拡大、日本は国際世論の批判にさらされ、英国が選手派遣中止を宣言した。さらにボイコット国は増えた。

一九三八（昭和十三）年、日本は東京オリンピック開催返上を閣議決定した。幻の東京五輪になった。

「中止になったことは知らなかったんです。ブラジルでは日系人の口コミだけが情報でした。父はオリンピックを見に帰ることを理由に再出発をするつもりだったと思うよ」

この東京オリンピック観戦予定の帰国が坂井の人生を大きく変える。

――出頭せよ。もし出頭しなければ、徴兵忌避罪に問われる。

一家で父親の故郷、福井に帰った坂井の元に通知が届いた。通常なら満二十歳で受けなければならない徴兵検査の知らせだ。二十三歳になっていた。

徴兵検査会場はぴりぴりした雰囲気で軍隊そのものだ。

「病気があれば申告せよ」

身体検査を前に軍医が説明をする。緊張に顔をこわばらせるほかの若者よりも、坂井はさらに堅くなった。

「なにしろ日本語がうまく話せないので……。本当に不安でしたよ。戦争に行くとは、考えても思ってもみなかった。ブラジルで野菜を売っていたんですよ」

「第二乙種合格」

徴兵官が叫び、書類に赤いゴム印「マル乙」を押すと、

「まあ、当分は行かなくても大丈夫だな」

徴兵官は心配顔の坂井に声をかけた。

心身ともに異常がない「甲種合格」は現役入隊組。身長が低いなど体格が劣る「第一乙種

合格」は戦争が起きたときの欠員用の第一補充兵役要員。視力障害など多少の欠陥があるとされた「第二乙種合格」は戦争で損耗が激しい場合の第二補充兵役要員となる。

さらに著しい欠陥があるとされた者は「丙種合格」で野戦に耐えられないと判断、第二国民兵役に組み込まれる。「丁種」は不合格で兵役免除、病気療養中の「戊種」は翌年再検査となる。

多少の欠陥があるという「第二乙種合格」となった坂井の欠陥は「日本語」だった。

「召集令状を持ってまいりました。おめでとうございます」

それから一年後、夜半に訪問してきた男が何度も繰り返したはずの前口上をいい、紙を差し出した。赤紙配達人といわれた役場の兵事係だった。出征は先のこととのんびり構えていた坂井は飛び上がった。

——輜重兵第二十連隊

縦十五センチ横二十五センチの赤紙にはそう書かれていた。

中国戦線が拡大し、従来の自動車、馬などが混在した兵站部隊だけでは間に合わず、現役を除隊した在郷軍人といわれた予備役や乙種合格の補充兵役の中から自動車免許があるものをかき集め、独立自動車部隊を組織した。

自動車の運転も修理もできる坂井は真っ先に召集された。坂井はサンパウロで野菜を運ぶトラックを運転していた。元々、手先が器用なこともあり、部品を取り替えるなどの修理もお手の物だった。

だが、入隊後は欠陥の「日本語」を理由に何度もビンタされた。

「いつもビンタを取られてね。お前の言葉は違うっていわれてね。でもよく分からないよ、おかしいっていわれても。一生懸命に日本語を話しているつもりだったけどね。それでも、ビンタ取られて、いつもビンタだよ」

ブラジルで父が語り、あんなに憧れた祖国日本。東京オリンピックを見るために帰国しただけなのに、いつの間にか「日本兵」となり、命と向かい合った戦地で毎日のように頬を張られた。坂井の中の祖国は大きく変化していった。

昭和十六（一九四一）年十二月八日、真珠湾攻撃の日。坂井の部隊はタイ南部ソンクラーの沖合から上陸、シンガポールを目指した。破竹の勢いの日本軍が進軍した後には英国軍の車が乗り捨てられていた。坂井はその車のエンジンを分解して、故障した部品と取り替えた。エンジンごと付け替えることもあった。

「英国軍はシボレーやフォードを使っていましたから、エンジンを分解して日本軍のトヨタにつけました。似てるんだね。でもフォードとトヨタでは馬力が全然、違いましたよ。フォードはすごくってね、ブーンって」

行く先々で部品を調達しながら南進した。エンジニアに言葉は要らなかった。日本語なんて下手でも自動車の修理はできた。

シンガポール陥落後、部隊はビルマのラングーンに転戦、インパール作戦に参加することになる。

――輜重兵も兵隊ならば、蝶々蜻蛉も鳥のうち。

日本陸軍にこんな補給部隊を揶揄《やゆ》する言葉があった。この言葉に象徴される日本軍にはびこっていた食料や弾薬を前線に届けるという補給を軽視した「短期決戦主義」が、インパール作戦の最大の敗因と指摘されている。

この年は雨季の訪れが早かった。例年なら六月にならないと降らない熱帯の驟雨が一本しかない道を赤い濁流に変えた。

「泥に埋まって自動車がだめになってね。全部そのあたりにほったらかし。牛も両足がずぼっと浸《つ》かって、動けなくなるし、象も使ったけどだめね。全部試したけど、全部だめだったね」

坂井の自動車大隊第六十大隊も立ち往生した。元々、三千メートルを超す山岳地帯で大量の物資を陸上輸送するのは無理だった。そこに早過ぎる雨季が重なった。

最後は人力しかない。マンダレー、サガイン、カーサと泥道を担いで進んだ。自動車部隊は名ばかりで、坂井の技術も必要なかった。

「重い荷物を担いだよ。ぼくは自動車を運転したり直したりすることは上手だったけど、担ぐのは大変でね。こんなことでは、日本はだめだと思ったけど、やるしかないので、必死だったよ」

補給が遅れれば遅れるほど、自動車部隊の食料としてどんどん消費され、前線には届かなかった。弾もなく糧もなく薬もなく、最前線の兵士は力尽きていった。

そのうち補給部隊のところまでも物資が来なくなり、前線からの傷病兵を後方に搬送する作業に追われた。前線は撤退を始めていた。すでに「補給部隊」ではなく、「患者護送隊」となっていた。

追撃して来る英国軍も、三千メートル級の山岳地帯などの地形的条件や雨季の襲来などの気候的条件は日本軍と違いはない。決定的に違ったのが補給だった。物資の補給を陸路に頼った日本軍に対し、制空権を握っていた英国軍は空から物資を投下した。

時折、英国軍が落下傘で投下した物資が手に入った。コンビーフやミルク、チーズの缶詰があった。チーズは石けん臭いといって食べない者もいた。ブラジル生まれの坂井には何でもない匂いだった。

「こんなにおいしいものをと、たくさんもらったね。栄養もあるしね。たらふくね」

坂井もカーサ、サガイン、マンダレーと来た道を後退した。道にはマラリアやコレラで倒れ、動けない者がうずくまっていた。坂井もマラリアにかかっていた。時々、高熱が出たが、幸い長くは続かなかった。

『動けて元気な者はいいですよ。一歩も動けない人間に『追及してこーい』といっても無理だよ。かわいそうでしたが、自分が歩くだけで精いっぱいで担ぐこともできませんでした。情けないことですね」

水かさが増したイラワジ川。傷病兵は箱に入れられ、ロープウエーのように引っ張って対岸に渡した。見る間に増水し、渡れずに取り残された者も多かった。坂井は動けない兵士に持っていたおにぎりを二個渡し、声をかけた。

「追及してこーい」

置き去りにされた兵士はうなずくこともできなかった。

「追及してこーい」

取材中、坂井は何度もこの言葉をいった。日本語の会話の中でこの言葉だけが甲高く、一際大きくなった。いまでもジャングルで声をかけているかのように叫んだ。

「追及してこーい」

敗戦の知らせを聞いたのはサルウィン川近くのパポンだった。「無条件降伏」ということも聞いた。

「初めは信じられなかったよ。日本は最後の一人になっても戦うと信じていましたからね。日本男児はそういうものだと思っていましたからね。全員が死ぬまで戦うっていっていましたから」

「日本軍というものはな……」「日本男児はな……」「日本はな……」。ブラジル生まれで日本語がうまくない坂井はいつもこんなことを聞かされ、ビンタも張られた。

補給部隊であり、最前線で戦闘する機会がないだけに、「日本陸軍」の強さだけが膨張していた。道ばたに倒れていた兵士もいたが、いざ戦えば、日本は強いと信じていた。そう教えられてもいた。

日本に生まれ育った日本人とは比較にならないほど、祖国日本への思い入れが強かった。その日本が負けた。坂井は何のためにブラジルから日本に帰国し、何のために日本兵になり、ビルマまで来たのだろうか。

離隊

「日本に帰らないと決めたんです、若かったですから。みんな若いときはそんなもんでしょう。何かやってやるぞという意気込みというか、気負いのようなもんがあるでしょう。私は日本が負けたからには帰らないと決めたんです」

一九四五（昭和二十）年八月二十八日、中野の所属していた第五十八連隊はパアン対岸のミャンガレーに集結させられた。監視活動をしていた英国軍はパアンに駐屯していたせいで、抑留生活を感じさせないほど自由な環境にいた。この時点で武装解除が行われた。各自、日本軍人最後のたしなみに丁寧に手入れをし、個数を点検した上で粛々と英国軍へ引き渡された。このとき、英国軍将校が軍刀や小銃を私物として持ち帰り、引き渡しに立ち会った日本軍将校は無念やるかたない表情だったという。

他の部隊では、このまま捕虜になるのは恥辱に耐えられないとして、小隊全体が武装したまま逃亡、説得に出かけた中隊長を銃で脅すというケースもあった。中野の部隊では混乱もなく、スムーズに武装解除作業が行われた。

九月二十八日、ゼマトエに移動した。ゼマトエにはすでに他の部隊が集結していた。ここでも食料の配給はなく、すべて自活の抑留生活で、昼は道路や橋の補修、英国軍宿舎建設などの労役が増えていった。

「英国軍の捕虜になるとみんな殺されるかもしれない」

「日本は新型爆弾で焼け野原になって、半分が死んだ」

労役の合間にそんな噂話をした。抑留といっても、柵がついた収容所があるわけでも、監視があるわけでもない。いつの間にか、一人二人と姿を消す者が出てきた。

「あいつがいなくなった。こいつもいなくなるなと周囲の様子を見ていました。私もいつ隊を離れようかと待っていました。日本には帰らないと決めていましたから」

中野は決して「脱走」や「逃亡」という言葉を使わない。「隊を離れた」「離隊した」という。戦闘中ではなく、武装解除後という意識があるのだろうか。

日本に帰還しない意思を固めていた中野だが、真島にだけは相談した。真島とは敗戦の知らせをともに聞いた仲であり、中野が小千谷で、真島が川口と故郷も近く、小作農の息子という境遇も似ている。

「おれと一緒に出ないか。このまま日本に帰っても仕方がないだろう。ビルマで坊主になれば、なんとかなる。ビルマでは坊さんは尊敬されているし、食いっぱぐれもない」

そういって真島を説得した。『ビルマの竪琴』の水島上等兵と同じ発想だが、日本人にとってビルマでそれほど僧侶が尊敬を集めていることが印象深かったといえる。

ビルマでは国民の八五パーセントが仏教徒で、二〇〇七（平成十九）年九月に起きた反政府デモは、治安部隊が手を出しにくい僧侶が中心になって行われた。治安部隊が僧侶を拘束する際には、僧服を脱がせることによって「僧侶」ではなく「一般市民」として、連行したといわれる。

「真島はどうするか。おれはラッカに戻るつもりだ。そこで坊さんになれば、心配ないだろう」

ラッカは中野と真島ら八人が敗戦までの間、駐屯していた村で、「タコ」という武装集団を追っ払ったり、農作業を手伝ったり、酒を振る舞ってもらったりと楽しい思い出しかない場所である。真島もぐらつき始めた。

だが、ラッカ村に行くことは逃亡することになり、犯罪行為だ。しかも、日本を棄てることになる。親兄弟、友人、軍の仲間、日本の食べ物や景色……。それよりも「日本人」を棄てることになる。

旗護兵として一時も気を抜かず軍旗を護ってきた真島が、皇軍兵士どころか一気に日本人でさえなくなる。

「ここまで生きてきたのに、英国軍の捕虜になれば、死ぬかもしれない。これから先、生きていくには、弥一郎について行こうと決めました。私も弥一郎と同じで、新潟に帰っても何があるわけでもありませんでしたから、家族のことを考えるなんていう気持ちは起きませんでしたね。日本を出てから四年間、もう死ぬだろうと思いながらしか戦争してないんですよ」

真島は敗走中にマラリアにかかっていた。時折、激しい高熱が出て、一歩も動けなくなった。いつまで続くかわからない抑留生活。どんどん労役は厳しくなっていた。マラリアがぶり返したら、もたないかもしれない。

「衛生兵の弥一郎は薬を持っていましたから、それもマラリアの特効薬キニーネを隠し持っているはずでした。弥一郎ははっきりとはいいませんでしたけど……」

真島はそう推測していた。自分のためなら使ってくれるという親友としての意識もあった。中野のカレン語の呼び名である「アチョ」は「兄貴」や「長男」を意味する言葉だ。中野と真島は同じ年だが、しっかり者の中野が兄貴分だっただろう。

二人とも、正確な日は覚えていない。ゼマトエに移って一カ月ほど経った十月末の夜半。二人は宿舎にしていた高床式の民家を抜け出た。いったん軒下の暗闇に潜む。中野は「赤十字」が付いた衛生兵のたすきをかけていた。道路を監視している英国軍にとがめられたら、「患者を収容しに行くんだ」というつもりだった。

立ち上がる二人。突然、声がした。

「なかのー、なかのー」

小隊長が呼んでいた。二人はもう振り返らなかった。まっすぐにジャングルに続く小道を急いだ。

「私が出ることを知っていたんですね。どうして分かったのか、いまでも不思議なんです」

中野は当時のことを振り返った。

真島もこういう。

「ばれていると思いましたね。でも準備をしてきたし、いまさら、引き返せませんよ。必死でした」

中野は三年前、真島に宛てた手紙にも書いている。

――あのときの中野と呼ぶ声が忘れられません。

六十年近く経っても忘れられない声がある。

主要道路には英国軍やインド軍の検問が設置されていた。中野と真島はかねてからの計画通り、小さな川を進むことにした。小舟を見つけた真島が先に乗り込み、手招きをした。舟の先に乗った真島が身を乗り出し、手でかきながら進んだ。舟が進む音だけが聞こえた。鳥の声もしない、蒸し暑い夜だった。

「真島はどうして、こんなに舟を操るのがうまいのだろうか。小さいころから、信濃川で遊んでいたからかな」

中野はそんなことを思いながら、舟に身を伏せていた。

「舟に乗りましたって？　弥一郎がそういってましたか。いや、覚えていません。子供のときから、舟を漕いだことはあまりないんですけんど」

当然かもしれないが、自分の話したことなどは忘れていても、中野は六十年前の真島の言動や行動を、真島は中野のことを鮮明に記憶していた。二人の記憶が私の中で重なりあって、当時の情景が浮かんでくる。濃厚な夜の川の匂いまで感じるような気さえしてきた。

二人は夜明け前に舟を捨て、昼はジャングルに隠れ、夜に歩いた。ラッカ村に到着したのは二日後の夜だった。

「タナマスター」（強い人）が帰ってきた。村人は喜んだ。腕っ節も強く、頭もいい、人柄もいい用心棒。村長が隣の家を提供、かくまってくれた。

「来たよー」

村の入り口から子供が走って伝えに来た。小さな村にも時折、ビルマ人の警察官やインド人の軍人が巡回に来た。中野と真島は打ち合わせどおりに裏山に一目散に走った。村全体で二人を守ってくれた。

村で暮らし始めて真島は気づいたことがあった。かねてからの疑問が氷解した。

「なぜ、中野が日本に帰らなかったのか」

「なぜ、危険を冒してまで隊を離れるのか」

「なぜ、ラッカを目指したのか」

「確かに、敗戦まで過ごした村は居心地がよかった。それにしても……」と思っていた。

歓迎する村人の中で一際、喜んでいる女性がいた。真島は理解できた。

「なんだ、そうだったのか」

中野は隊を離れた理由について、はっきりと語らない。

「若かったから、そういうときもあるでしょう」

そういう言葉でいつもはぐらかしている。だが、惚れた女性の存在があったのは事実のようだ。若い兵士が何カ月も現地の村に滞在すれば、恋仲になることも珍しいことではない。日本を出て何年も戦塵の中で過ごし、死体を数えながら生き延びてきた男から見れば、現地の女性がどんなに愛らしく見えるだろうか。「肌の色が白いことは何よりも美徳」である現地女性からすれば、日に焼けても色白の日本人はかなりいい男に映ったに違いない。

敗戦後、村の長老からビルマに残って結婚しないかと誘われた日本兵の例は数多く、迷ったあげくに帰国した兵士のこともよく聞く話である。

多くの日本兵とカレン族女性の名誉のために追記しておくと、カレン族は未婚と既婚の女性の服装が違う。未婚女性は処女を意味する純白の木綿のワンピースを着ている。既婚者は紺の上着の巻きスカートのツーピースになる。アカ族など他の山岳民族と違い、婚前交渉を厳しく禁じ、離婚も認められない。未婚の男女が個人的に会うことも許されていない。一人の女性のために日本を棄て、故郷の家族を棄て、危険を顧みず村に戻ってきた。それが理由ならば、中野こそ日本男児といえないだろうか。

敗戦後、坂井はタトンの収容所で帰国の知らせを待っていた。何の労役もなく、ただ呆然と過ごしていた。

「そんな時ね、二隻の引き揚げ船に英国軍が爆弾を落としたという話が伝わってきてね。こりゃ、帰る前に死ぬわっていうことになってね」

これで、収容所から逃げ出す兵士が増えた。坂井も脱走した。

「本当はね、日本に帰っても言葉もできないし、どうするかと思っていました。だって、そのおかげで軍隊に来て、ビンタ取られたでしょう。言葉ができないからね」

一家四人でブラジルから帰国したが、戦地に行っている間に、すでに父親は他界し、母親と姉はブラジルに帰っていた。

「日本に帰っても何にもない。家も家族も仕事もない。どうせ言葉ができないなら、ビルマも日本も同じ。いっそ、逃げるか」

他の日本兵とはまったく違う、そんな気持ちだった。軍隊時代を通し、日本に嫌気がさしていたこともある。

中野と真島と比べて、坂井の場合は帰還しなかった理由は明確だ。

坂井には帰る祖国がなかった。

◇

――終戦後、ゼマトエの収容所より離隊、途中ドムネ川を小舟で渡り、道中道路の傍らの林の中で休み、カレン部落ラッカ村に着き、カレン人たちに世話になり、もう六十年ですね。カレンの歌を歌う貴殿の声がまだ耳の中に残っております。

中野が真島に宛てた手紙にはこう書かれていた。

中野と真島はラッカ村では村人の農作業を手伝って生活をした。平穏な日々であった。それでも祭りの日など、周囲の村から人が集まるような日には警戒をした。

村の女たちが作ってくれたロンジーを巻いていた二人だが、頭は坊主、顔はどんなに日焼けしようと、さすがに日本人である。

「音楽が聞こえてきてすごい楽しそうでね。見たいなあといって、真島と二人でほっかむりしてこっそり見物に行きました。こっちまで愉快になるんですよ」

樹木をすりつぶした白粉《おしろい》のようなタナカを顔に塗った女たちが踊り、歌っていた。真島の歌はこの時に覚えた。

当時、ラッカには中野、真島のほかに、後から逃げてきた同じ連隊の本多が暮らしていたが、本多の下の名前も、どういう経緯で本多がラッカで合流したのかも、二人とも覚えていないという。

「どうしてここまでしてくれるのかと不思議だったんですよね。だって、いままで敵だったはずでしょう。いまだに、なぜか分からない」

中野の言葉である。

「そんなに豊かな村でもないんですが、食べ物を分けてくれたり、家を貸してくれたりして、本当にありがたかったです」

真島も同じようなことを話している。

ラッカ村に限らず、周辺のカレン族の村にも多くの日本兵がかくまわれていた。英国軍やインド軍、ビルマ警察が日本兵をかくまわないように命令しても、村人は逆らい、自分たちが処罰されるのを覚悟で隠し通していた。このことはカレン族以外の山岳民族でも同じだった。

ビルマは多民族国家で全体の三分の二を占めるビルマ族と、七つの主要民族、その下には百を超える民族が存在する。

そのうちのカレン族は三百万人がタイとの国境地帯を中心に住む最大の少数民族である。タイ領内への移住は十八世紀に始まり、現在三十万人が居住している。

ビルマは九世紀ごろ中国・雲南省から南下してきたビルマ族が、長年支配してきたが、三度にわたる英緬戦争に敗北し、一八八六（明治十九）年、英国の植民地になった。この際、英国が植民地経営の得意技である「民族分断」を使い、意識的に第二民族のカレン族を下級官吏として重用し、ビルマ族を冷遇した。

一九四一（昭和十六）年、日本軍の「南機関」に軍事指導を受けたアウンサンが「ビルマ独立義勇軍」を結成し、英国軍と友好関係にあったカレン族を攻め立てた。

第二次世界大戦が終わった後、シャン族やカチン族などは自治州を勝ち取ったが、報復としてカレン族には認められず、一九四九（昭和二十四）年、「カレン独立防衛軍」が武装蜂起した。以来、今日に至るまで、政府軍との対立は続いている。カレン族だけでなく、独立を目指す他の民族も「カチン独立機構」や「ラフー民族進歩党」などが集結、反政府軍「民族民主戦線」を結成した。

現在の反政府軍は、カレン族のほか、シャン族やカチン族など様々な山岳民族の男が兵士になっており、共通言語はビルマ語を使っている。

日本人はカレン語で「プコ」という。「プ」は「短い」、「コ」は「足」という意味で、「短足」という何の反論しようもない、ずいぶん見たままどおりのネーミングではある。日本人の一人として、私から反論させてもらえば、カレン族も日本人と同じような体型にしか見えないのだが、そういう屈辱的な名称が付けられている。

カレン族にはこういう言い伝えが残っている。

――神の教えを書いた書物をカレン族がなくしてしまった。いつの日か、神の白い息子が海の向こうから本を持ってやって来るだろう。

この伝説が現実になったように、英国の植民地化が始まった十九世紀初め、聖書を持った白人の宣教師が村を訪れ、布教活動を始めると、本来、精霊信仰だったカレン族の一部がキリスト教に改宗した。特にミャンマー側は改宗した村が多い。私が訪れたタイ側のカレン族や他民族が暮らす難民キャンプにも教会があり、日曜学校が開かれ賛美歌が歌われていた。

この「白い息子伝説」が英国の植民地経営の基本である「民族分断」を手助けした。最大民族のビルマ族に対抗するため、仮想敵民族として英国はカレン族を利用した。このため第二次世界大戦前のビルマ国内はビルマ・日本対カレン・英国・インドの構図になっていた。

カレン族の村には独立を願うこんな歌がある。

――カレンのすべての子供たち、老若男女よ。手を握り助け合うことを忘れるな。そうしないと再び悪い時代が始まり、また日本人がやって来る。

それほど、日本軍侵攻に敵意を持っていたはずのカレン族がなぜか日本兵をかくまっていた。

ただ、国際的な構図も、歌詞の内容も山岳地帯で暮らす人々に浸透していたか、疑問である。過去に日本軍に襲撃された経験がある村ならばともかく、そうでなければ、カレン族ほど義理人情に厚い正義感の強い山岳民族はないといわれる。そのホスピタリティーから、困っている日本兵をかくまっていたと考えるほうが自然ではないだろうか。

カレン族は六十以上の支族に分かれている。このうち、人口は少ないが、有名なのがパダウン族（自称カー・カウン）、別名「首長族」である。

元々は満月の水曜日に生まれた女の子だけ、真鍮の渦巻き（コイル）を巻く風習があった。この女の子は五歳くらいから巻き始め、最高三十二巻きまでと決められている。渦巻きはすぐにはずれ、体を洗う際などには付けてなくてもいい。首が伸びたのではなく、真鍮の重みで徐々に肋骨が下がり、首が長く見えるという。

パダウン族の先祖は白鳥と龍で、首を長くみせることで先祖に近づくと信じられている。

現在、ミャンマー側ではこの風習が急速に廃《すた》れているが、逆にタイ側は観光客誘致のため、満月の水曜日に生まれていない女の子にも真鍮を巻くようになっている。

◇

中野、真島、本多の三人の日本兵がカレン族のラッカ村で一緒に暮らす日は長くは続かなかった。

その日、中野は村の裏山でカレンの男と二人で沢ガニを捕っていた。そのとき、村の方向から銃声が聞こえた。最近は武装集団も襲撃もまったくなかったので、油断をしていた。

「アチョはここを動くな。おれが様子を見てくる」

カレンの男は中野にそう言い残した。中野は夜になるまで、山から下りなかった。

撃たれたのは本多だった。本多は真島とカレンの男と三人で田植えをしていた。突然、英国軍がこっちに向かってきた。

「早く逃げろ」

真島は山に走った。本多は田んぼを突っ切り、二手に分かれた。英国軍兵士は、平地で隠れようがなく追いかけやすい本多にターゲットを絞り追跡した。殺すために撃ったとしか思えない至近距離からの銃撃だった。

「どうして撃ったのか、分かりません。逮捕するだけでいいはずなのに。運良く、私は山に隠れたから助かったけど、見つかっても、まさか撃たれるとは思っていなかったけど、本当に捕まりたくないと思いましたね」

真島は思い起こすように話す。今回の突然の英国軍の捜索は、村に出入りしていたインド人行商人の密告であったことを知った。

「だいぶ経ってから、その行商人を見つけました。笠をかぶっていましたけど、分かりましたよ。田んぼの中まで追いかけて、殴り付けてやりました。何度も何度も、殺された本多の分までね」

冷静な語り口の中野が珍しく興奮気味に話した。

だが、射殺された日本兵以外にも仲間がいることが英国軍に分かったからには、ラッカ村に対する監視の目は厳しくなる。村にも迷惑がかかる。急がなければならなかった。

「二人で行動すると目立つし、危険だったですよ。だから二人とも、別々の場所で暮らそうということになりましてね。ラッカの人たちにも本当によくしてもらって、親戚のようでしたから、そりゃ、寂しいですが、仕方なかったです」

中野は真島と一緒に、ラッカ村を出て行くことを決めた。

脱走して一年。このころ、二人ともカレン族の成人男性と同じように、体に入れ墨を彫っている。中野は腕だけだが、真島は背中にも仏塔（パゴダ）の入れ墨がある。日本人を捨て、カレンの男として生きていく決意の表れだった。

中野と真島は対照的な性格ながらも気が合い、助け合ってきたが、別れなければならなかった。だが、行く村はわずか数キロしか離れていない。

「また、いつでも会えるつもりでした。一時的に別の村に住むだけで、ほとぼりがさめるとまた一緒に暮らすのかなあという程度でしたよ」

真島はまさか、これが最後になるとは思いもよらなかった。二人の再会は六十年以上経った現在も実現していない。

——私の妻はビルマ人、ポーオ（パオ）族で、貴男様がこの家で米搗きをしたと妻がいっています。

◇

中野は手紙で真島に妻の事を紹介している。中野の妻と真島は一時期、同じ村にいた。真島はラッカから北東にあるイハヂ村に移った。二年後、中野はその村の女性マ・オンジーを妻に迎える。

マ・オンジーの従姉妹《いとこ》が九州出身の日本兵とすでに結婚し、子供もいた。その日本兵はマラリアで死亡した。

「あなたもここで一生暮らすならば、お嫁さんがいるでしょう。いい娘がいるけど、正式に会ってみないかい」

世話焼きのおばさんにそういわれ、会うと、入れ墨をしたように、カレン族の男になりきっていた中野はすぐに結婚を承諾した。マ・オンジーは当時、十五歳だった。

「子供のころ、占いであなたはビルマの国の人以外の遠くの人と結婚するといわれたことがある。アチョに会ったとき、遠くの人というのは日本人かと思った」

七十六歳になるマ・オンジーは、いまでもうれしそうに恥ずかしそうに中野の顔をのぞき込んだ。この快活な妻の存在があるから、中野は帰還しなかった理由を口を閉ざして一切語らないのか。収容所からまっすぐに向かったラッカ村の女性とは何らかの原因でうまくいかなかったのか。このことを中野は軽く否定する。

収容所から日本へ

中野と別れ、イハヂ村に一人移った真島。ラッカ村にいたときと同じように村人と一緒に農作業を手伝う日々だった。

「結婚を勧められたこともあったけど、どうしてもそんな気にはならんかったね。まあ日本に帰るつもりもなかった。ここで一生暮らすという気持ちだった。帰っても百姓、ビルマでも百姓しかない。新潟でも貧しかったから、同じでした。暑いか、寒いかの違いでしょう」

しかし、一人ポツンと離れて暮らすと寂しさが募った。片言のカレン語とビルマ語はできたが、やはり日本語で語り合いたかった。ラッカ村で中野と一緒に暮らしていたときとは違った。

危険と分かっていながらも、情報収集と自分に言い訳をしながら、ラッカ村に戻ることがあった。中野と真島が村を出た後、別の日本兵二人が移り住んでいた。

「日本兵がどこの村にいるか、収容所がどういう状態か、というようなことはかなり分かりました。ビルマ警察は行商人やカレン族の動きは把握してなかったから、彼らはかなり自由に収容所周辺に近づけました。ラッカ村に行ったのは、まだ日本人が二人もいるから大丈夫だろうと安心していました」

このあたりが人がいい真島らしいといえば真島らしい。夜、三人で小屋でひそかに焼酎を飲んでいたところに警察に踏み込まれた。七、八人の警察官がなだれ込んできた。

「抵抗すると撃たれる」

とっさに田んぼで殺された本多のことを思い出した。

「すぐにあきらめましたよ。あんまりにも大勢だったし、みんな銃を持っていたので、仕方なかった。そのとき、ビルマに残りたかったかどうかというのははっきりと覚えていない。ただ日本に帰るのかと思ったのは覚えています」

カレンの男になったはずの真島は、再び収容所に舞い戻ることになったことにも、意外とあっさりとしている。英国人の隊長らしい男が来て、「ラッカにまだ日本人がいるという情報があった」と教えてくれた。またも行商人の密告だった。

真島の身柄はすぐにモールメンの収容所に移送された。一九四六（昭和二十一）年末のことだった。逃亡生活は一年間に及んだ。

「英国軍の扱いが最初からよかったから、大丈夫だろうと思い、心配してなかった。殴られたりとか、縛られたりということもなかったですよ」

収容所ではすぐに軍法会議が始まった。「どこへ行ったか」「だれと一緒だったか」「どうやって暮らしていたか」などの尋問はあったが、拍子抜けするほど簡単に裁判は終わった。

懲罰は独房生活一週間だけだった。

収容所に戻ると、第五十八連隊の仲間が半分ほど残っていた。みんなから、「お前、村の女の子とできていたのか」などと、冷やかされたが、ただ笑ってまともに答えなかった。

「経験していない人には分からないことですから、だれにも分からないことですからね」

収容所には、後は帰国を待つだけという明るさが横溢していた。真島は「なんだ」とこれもまた拍子抜けするほどだった。収容所内では、序列が軍の階級から、年齢に改められていた。それだけでも随分と軍隊らしくない、自由な雰囲気になっていた。

収容所内は食料の配給がなく、自活だった。労役の人数をやりくりして、川に魚を捕りに行く漁労班や野草を採りに行く野草班、畑仕事をする耕作班などができ、少しでも健康な状態を保ち、全員で元気に日本に帰ることを考えていた。余暇には手作りのグローブとバットの野球大会や演芸大会も行われ、各部隊とも名誉のために労役を代わってもらい、練習に明け暮れた。

敗戦したら死ぬ、負けたら自決、と教えられてきたが、収容所は生きる力がみなぎっていた。

「今度こそ確度甲だ」

自称情報部長の甲高い声が聞こえた。真島は「『船が来る、来る』といっていた、いつも

「のあれか」と苦笑した。自称情報部長の情報のたびに、「デマだ」「本物だ」と論争が交わされたが、いつも結局デマだった。

「各部先任者、本部集合」

伝令が走った。本物だった。あわただしく帰国の準備を始めた。真島にはまとめる荷物も片づける荷物もなかった。

――モールメンに集結、七時乗船。

米四升五合、食塩五合、英国軍支給の副食少々が手渡された。

八畳ほどの船室に二十五人もが詰め込まれ、人いきれで、息ができないほどだったが、日本に帰れる喜びが我慢させた。

一九四七（昭和二十二）年二月二十五日。九十九島の島々をかき分けるように引き揚げ船が長崎・佐世保港に入った。

「それまでは、あんまり帰りたいとも、思っていなかったですが、いざ帰国するとなると別でした。そりゃ、一度はカレン族になったつもりでも、日本の景色を見ると、やっぱり私は日本人なんだ。日本が祖国なんだと実感しました。当たり前ですよね」

生きて帰った日本。船中では亡くなった友人、仲間の話が尽きなかったが、到着してしまうと我に返った。これからどうするのか。家族は生きているのか。一刻も早く、新潟に戻らなければならなかった。

五月二十日、復員の手続きを終えた真島は故郷の越後川口駅に到着した。他の復員兵には迎えが来ていたが、真島の迎えにはだれも来ていなかった。妹が来ているはずだがと探しても見あたらなかった。仕方なく、一人で自宅に戻った。

「いま、帰って来ました」

母にあいさつすると、「お前、一人か。迎えに行った春子はどうした」。あんな小さな駅で妹とすれ違っても気づかなかった。一九四一（昭和十六）年に戦地に赴いて以来、七年もの間、日本に帰っていなかった。

七歳違いの妹は真島の頭の中にあった春子とは違う立派な娘に成長していた。

――真島長三　海軍水兵長　昭和二十年六月三十日　フィリピン　マニラ湾タガイタイ　下痢とマラリアのため戦病死。

長男戦死の知らせが届いていた。真島が苦しめられたマラリアが原因だった。

「兄貴が戦死したからには、お前が家を守らんば、だめだから」

家意識が濃厚な新潟のことである。親戚からことあるごとに語られた。

「そのころはもうビルマのことを懐かしがることもありませんでした。どうやって家族みんなを生活させるかで精一杯でした。そればっかり考えていました」

一九四七（昭和二十二）年八月、戦死した長三の嫁、トキと入籍した。十歳年上の義理の姉だった。同時に兄が遺した三人の子供の父親になった。家、親戚、家族、家長の責任、子供の教育……。パアンでの軍旗奉焼から二年。日本軍を棄て、日本人を棄て、日本を棄てたはずの真島。それが皮肉なことに、最も日本的な場所に戻ってきた。

カレン族として生きる

真島が収容所に連れ戻されたことを知った中野は、一つの村に長くいることはしなくなった。真島のように、いつ密告されるか分からない。危険だった。

「医学の知識があったので、ジャングルの中でも生き延びることができた。隊を離れた後も、現地人相手に治療もしていましたよ。みんな医者だと思っていましたから、大事にされたのかもしれません」

どこの村に行っても歓迎されたのは、衛生兵としての中野だったからだ。

今回の取材を通し痛感したことがある。豊かでもない辺境の地で食料の分け前をもらいながら、言葉も通じないよそ者が生きていくためには、現地の者にはない「何か」が必要だ。尊敬される「何か」がないと長い年月の間、村人はかくまってくれない。その何かが中野は「医学の知識」だった。

中野は目立たないように、集落の中ではなく、田んぼの監視小屋で寝泊まりしていた。日本軍の不発弾を拾い、左手をけがした患者が中野のところに運び込まれた。パアンの病院では切断するしかないと診断され、中野のところに回ってきた。

「診たら、指がブラブラしてました。これは大きな街まで運ぶ余裕はないなと判断して、アヘンを使って、どうにか縫合しました。喜ばれましたよ」

七年もの長期間、負傷兵を手当てしてきた腕はビルマ人の医者よりもはるかに上だった。臨床経験が違った。

近隣の村からも患者が来るようになった。医学の知識はあるが、薬剤が手に入らないので、薬草を煎じて与えた。診察代は豚肉や鶏肉、野菜などの食料だった。

中野は医療にとどまらず、ミシンの修理、柱時計の修理、トタン屋根の修理とできることは何でも手伝った。

カレン族に溶け込むにつれ、日本を失っていった。

唯一、持っていたシャツはボロボロになり、軍靴は切ってスリッパのように変わっていた。それでも最後まで、残していたのが母のお守りと「日本陸軍衛生伍長　中野弥一郎」と書かれた身分証明書であった。いつ発見され、捕まるか分からない。その際に必要な書類は肌身離さず持っていた。この二つは現在でも大切に持っている。

中野はカレン族とはカレン語、カレン語が分からないパオ族の妻とはビルマ語で会話した。日本語とも、日本人とも一切、接触しなかった。

「どこそこの村に日本人がいるという噂は、ときどき耳にしましたけど、会いたいとは思いませんでした。やっぱり危険ですし、もう結婚してましたから、日本のことは忘れようと思ってました」

そのころ、サルウィン川をエンジンが付いたボートに乗ってサトウキビを売っている日本人がいるという噂を聞いた。

「当時のビルマでは、エンジン付きのボートは珍しいので、目立つでしょう。大丈夫かと心配になって、大胆な奴がいるなあと驚きましたよ」

大胆な奴は日本人離れしているはず、ブラジル育ちの坂井だった。

◇

逃亡生活を続けていると時間の経過が分からなくなってくる。

「カレンダーがあるわけでもないでしょう。雨季と乾季はあっても、季節が変わって冬が来ることもないでしょう。何年経ったかも分からなくなってくるんですよ。だからビルマ人の年もあんまり当てになりません」

中野はそういって笑うが、一九四八（昭和二十三）年ごろの乾季のころ。ラインボエの市場ですれ違った坂井が自宅の軒先に立っていた。会ってから数カ月経ったころだった。一瞬で日本人と分かった歩き方をしていた男。お互いに住んでいる村の話をして、そそくさと別れた男。坂井勇。噂の「大胆な奴」だった。

「こちらから訪ねていくのは危険だなと迷っていたところに、向こうから来たから、驚きましたね。初めは少し日本語がおかしいなと思ったけど、事情を聞くとなるほどと思いましてね。苦労していたんですよ」

それから、坂井は何度も中野の家を訪れるようになった。来るたびに、坂井の世話をしたのが妻マ・オンジーと妹のマンメン。四人の会話はビルマ語だった。

「いつまでも一人でもしょうがないでしょう。妻の妹と結婚したらどうですか」

中野に勧められるままに、正式な手続きを取り、坂井はマンメンと結婚した。

その当時、中野が暮らすジャパンセン村は戦前に日本軍が駐留していた地域に近すぎた。坂井という、頼もしい義理の兄弟ができても、危険なことには変わりはなかった。

「ぼくが住んでいる島に来ればいい。あそこは安全だし、食うには困らない。村長に頼んでみるよ。きっと、喜んでくれる」

そういう坂井が居を構えていたコーロン島はサルウィン川の中州で南北に約二十キロのひょうたんのような細長い島で、集落は七つほどだが完全なカレン族支配のため、ビルマ警察などが立ち入ることがなく、隠れ住むには最適の島だった。その安心感が坂井のエンジン付きボートを乗り回す大胆さにつながっていた。

中野は妻のマ・オンジーとともに、移住を決意した。これ以降、中野と坂井の家は百メートルと離れたことがない。義理の兄弟は寄り添うように生きた。

坂井がどういう経路でコーロン島に行き着いたか、記憶があいまいだが、タトンの収容所を出てから、中野と同様、カレン族の集落を転々とし、農作業を手伝ったりしながら生きて

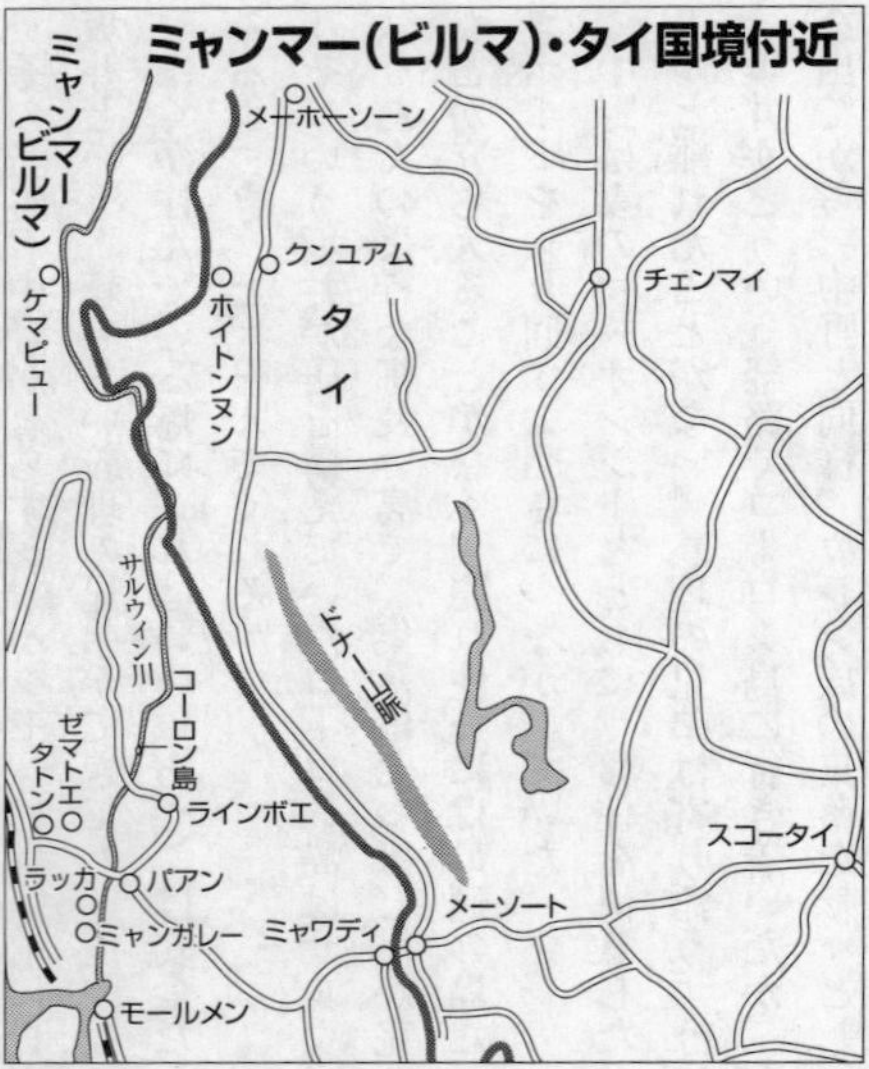

きた。坂井がどこでも重宝され、生活できたのは機械修理ができたことが大きい。中野もそうだが、芸は身を助くは真実である。

「何でも修理したよ。頼まれたら、何でもね。カレン人もビルマ人もあんまり機械が好きじゃないね。ボートも車もポンプもエンジンは何でもオーケー」

中野と出会ったのも自動車のエンジンの修理を頼まれたからだった。壊れた英国軍のトラックと日本軍のトラックのいい部品だけを選別して組み合わせ、二つを一つにする「ニコイチ」ができる坂井には修理など何でもない事だった。

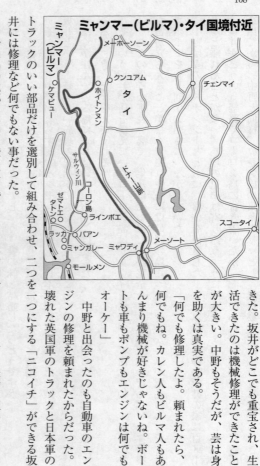

中野は島の北部にあった空き家を貸してもらい、中野とマ・オンジー夫婦と坂井とマンメン夫婦の暮らしが始まった。

「ビルマにいるときで一番、のんびりしていました。坂井さんとも、一緒だったし、妻たちも楽しそうでしたね」

坂井が話したとおり、コーロン島は行商人が時折、訪れるだけで安全な島だった。

坂井はサトウキビを栽培して、船で売り歩く傍ら、相変わらず頼まれれば、船や自動車の修理をして、生活費を稼いでいた。カレン軍からの依頼も多く、軍のエンジニアの役割も果たしていた。このことで後に、島を脱出しなければいけなくなることまでは分からなかった。

中野は仲買人などの商売を続けた。医学の知識はここでも役に立ち、次第に村人の尊敬を集めるようになった。

小さな島はカレン族の村でも数少ないエンジニアと医師を得たことになる。

「どんなことがあっても二人は私たちが守る。いつまでも、島にいてほしい。私の命にかけても匿《かくま》うつもりだ」

村長は中野と坂井にそういってくれた。その言葉どおり島では一度も危険な目に遭わなかった。

だが、一九四九（昭和二十四）年に始まったカレン軍の反政府活動は、年を追うごとに激しさを増し、ビルマ内戦と呼んでもいいほど、拡大していった。コーロン島があるサルウィン川流域にもビルマ軍の砲弾が飛んでくるようになっていた。

「少しはよくなるかと思いましたけど、どんどん状況が悪くなっていきました。それで、どうしたもんかと思っていろいろと情報を集め始めました」

中野は島にある寺の僧侶に頼み、その地域一の都市ミャンガレーまで情報収集に行ってもらったこともあった。行商人にも尋ねた。その結果、この地もいずれビルマ軍が侵攻し、戦地になるのは間違いないと判断した。

「いくら親切にしてもらっても、私たちはカレン族ではありません。ビルマ人と戦う理由はないのです。安全なタイに逃げるしかない」

中野はそう決断した。当時、迫害されたカレン族は難民として、ビルマから国境を越え、タイに流入していた。

「みんな一緒にタイに逃げよう」

坂井にビルマ出国を持ちかけた。中野と坂井にはそれぞれ三歳と一歳の男の子がいた。中野は二家族六人一緒に国境を越えたいと思っていた。

「おれは家族と一緒にここに残る」

坂井は意外にも残留を希望した。坂井はコーロン島の安全性を信用しきっていた。中野と違い、坂井は収容所を脱走して、間もなくコーロン島に住み着き、村長の庇護の下で暮らしたこともあり、危機感が薄かった。

「私が命をかけて守る。あなたたちの代わりに死んでやるから残ってくれ」

そんな侠気あふれる村長の言葉もあった。

「村長にそういうことをいわれると、うれしかったけど、余計、これ以上、迷惑をかけたくない気持ちが強くなりましたね。でも、坂井さんは理解してくれませんでした」

中野は坂井がカレン軍のボートや自動車を修理するエンジニアとして、カレン軍に関わっていたことも気になった。ビルマ軍に占領されたら、カレン軍兵士として、処罰される可能性もあると考えていた。

だが、坂井は動かなかった。ブラジル移民だった坂井は妻と子供がいる家庭を持ち、サルウィン川の中州にようやく安住の地を見つけた。

「それをどうして。タイに行ってもどうなるかも分からないのに……」

坂井はそういう思いだった。

仕方なく、中野は一人で出国の準備を始めた。独身のときとは違い、幼い子供と妻を連れての逃走である。一か八かの危険な目には遭わせられない。入念に下見を繰り返した。中野は国境を越えて、タイのメーソートに抜けるルートを選択した。幹線道路を使うと、以前日本軍が駐屯していたパアンを通過することになり、ビルマ警察に発見される危険があるため、ドナー山脈の山裾をたどるように南下することにした。

ビルマ警察に見つかれば、強制送還され、二度とビルマには戻ってくることはできない。離隊の際、帰還を拒んだ理由よりも明白な理由があった。

「子供と妻のためには捕まるわけにも、死ぬわけにもいかない」

メーソートまでは直線距離で百五十キロ、実際の行程は三百キロ以上ある。三歳の男児をおぶって歩ける距離ではない。中野は牛車を確保、島の対岸の民家に預けて、いったん島に戻った。

「俺たちも島を出ることにした。俺は後片付けがあるから、妻と子供だけ先に一緒に連れて行ってくれ。頼んだよ」

坂井は何事もなかったかのようにいった。手回しよく、すでに荷物をまとめていた。中野は坂井が当然のような表情で淡々というので、どうして心変わりしたかなどと聞く気もおきなかった。

女二人と幼子二人を含めた五人が移動するには牛車一台では足りない。島で馬を一頭分けてもらい、船に乗せた。強盗の襲撃に備え猟銃を持ち、タイでの生活の糧にと使い慣れたミシンも積み込んだ。だが、女たちにとって、一番大切なのは「ンガピ」の瓶だった。

「ンガピ」はエビや魚を塩漬けにして発酵させたペースト状の調味料で、独特の匂いがあり、炒め物やスープ、ご飯につけて食べる。その家で代々伝わるお袋の味でもある。

東南アジア各地にあり、タイでは「ガピ」、フィリピンでは「バゴーン」、ベトナムでは「マムネーム」、中国では「蝦醬《シヤアジヤン》」と呼ばれる。

「瓶は重いから置いていけばとも思いましたが、嫁に来るときから、持っているものですから。まあ、日本でいえば、味噌みたいなものですよ。仕方ありません。いまでも少しずつ足しながら、使っていますよ。うまいですよ、うちのは」

中野が妻のマ・オンジーを見てほほえむと、日本語が分からないはずのマ・オンジーも笑った。

「後は金と阿片です。現金はだれも信用していなかったですが、金と阿片はどこでも交換できましたから」

タイのメーソートの対岸ミャワディはビルマ軍に占領されていたので、大きく回り込む形で国境を突破するしかなかった。三日ほど進んだところで中野の長男がマラリアを発症、高熱が続いた。途中、ゾウに乗った中国国民党軍に出会い、薬品と干した豚肉をもらい、「これ以上、行くと危険だ」と忠告された。

だが、ビルマ軍に攻めたてられ、タイに行くしかないことを伝えると、国民党軍はぐったりとした長男をゾウに乗せ、護衛のように二日間、同行してくれた。

「助かりましたね。最初は昔戦っていた中国の軍隊なので、恐る恐るだったんですが、親切にしてもらいました。ゾウに乗って子供も喜んでましたね」

国際的に注目を集めたことがないビルマ・タイ・ラオス国境一帯を「ゴールデントライアングル」(黄金の三角地帯)として、有名にしたのは中国の国民党軍である。

一九四九(昭和二十四)年から、国共内戦で毛沢東率いる人民解放軍に敗れた国民党軍の残党がビルマ領内に逃げ込んだ。インドシナの共産化を懸念した米国の支援を受け勢力を伸ばすが、この際、阿片を最大限利用した。資金源の阿片を山岳民族に栽培させそれを華僑ネットワークで売りさばく。世界の流通量の三分の一を扱う巨大麻薬シンジケートが誕生した。国民党軍がタイに拠点を移した後、シンジケートの実権を握ったのが麻薬王クンサーだ。クンサー（中国名・張奇夫）は雲南省からタイ北部に逃れた国民党軍兵士とシャン族女性との間に生まれた。麻薬ビジネスを背景にシャン族解放組織モン・タイ軍を率い、長年ビルマ政府と交戦状態にあったが、一九九八（平成十）年、ミャンマー軍事政権に投降。軍政の保護下で暮らしていたが、二〇〇七（平成十九）年十月、ヤンゴンで死亡した。

阿片の栽培はアルカリ性土壌で標高一千メートルから二千メートルの寒暖の差が激しい山間部が適している。ミャンマーとタイ、ラオス国境はこの条件が当てはまる。栽培は焼き畑で行われ、トウモロコシなどが収穫されて後の九月ごろケシの種をまく。翌年の二月になると、卵形のケシ坊主ができる。これに切り傷をつけると、乳白色の液体がにじみ出る。液体は空気に触れると黒く酸化し、数日で粘り気のある茶色い樹脂になる。これがキロ当たり約二万円で取引される生阿片である。これをナイフで細かく刻んで吸引する。

一ライ（一千六百平方メートル）当たり二キロの阿片が収穫できるが、種まきや雑草の間引き、収穫と人手が必要で、決して割がいい作物ではない。だが、山岳民族が換金できるのは阿片しかないのも事実だった。

「阿片は頭痛や腹痛、なんでも使えた。貴重な薬ですよ」

元衛生兵の中野がいうように山岳民族の間では万能の鎮痛剤でもあった。しかし、山岳民族でも習慣化した中毒患者はかなりの数に上る。かつてタイの山岳民族の村では大の男が日がな一日、横になり、阿片を吸う姿が見られた。阿片は生活手段でもあったが、一人の男を簡単に破壊する劇薬でもあった。

現在、タイ側では米国政府の援助を受けたタイ政府のケシ討伐作戦でケシ畑がコーヒーや茶、ライチーなどの栽培に代わり、二〇〇四（平成十六）年には三千トン以下に激減した。だが、ミャンマーとラオス側では阿片に代わる換金作物への転換が進んでいない。最近、「ゴールデントライアングル」を揺るがしているのは、阿片よりも手っ取り早く金になるタイ語で「ヤーバー」（薬馬）と呼ばれる覚せい剤だ。

覚せい剤は軍や警察の手が届きにくいミャンマーや国境の山岳地帯で製造され、山岳民族が監視の緩い山道を抜け、タイ側まで運搬する。覚せい剤の錠剤はタイ国内ではかなり蔓延《まんえん》しており、タイ政府は密輸の拠点を捜索するなど対策をたてているが、山道が入り組んだジャングルでは、広大なケシ畑を発見するように簡単ではなく、打つ手がないのが実情だ。

そのゴールデントライアングル名物ともいえる阿片を食料と交換しながら、中野ら五人はメーソートを目指した。途中、雨が続き、濡れ鼠で寒さに震えながら、山道を進んだ。

インパールから敗走するときも冷たい雨に打たれながら、ただ下を向き、前を歩く兵士の足下を見つめ、歩いた。目標も希望もない道であった。

タイに続く道は違う。新しい国での生活、子供たちの未来、二つの家族の幸せ。「あと、少しだ」。子供たちを励ます。家族を守らなければならない自分。一歩、一歩、進んだ。「ビルマを出る寂しさなんて、あまり感じなかった。それよりも無事に国境を通過できるかとそればかり考えていました」

一九五八（昭和三十三）年十二月、タイ側の入国管理事務所の小屋で半月ほど足止めされたが、まだ難民が少なく、カレン族五人として無事入国できた。当時はパスポートも許可証もない大らかな時代だった。

コーロン島に一人残った坂井も出発を急いでいた。中野らが出た直後からビルマ軍の砲撃が激しく、カレン族の村が次々に焼き討ちに遭った。中州の島にも危険が迫っていた。

「アチョが行ったルートで一緒にタイに逃げよう」

村人を誘った。二カ月後、中野と同じように島を離れたときには、ビルマ軍に追われる山岳民族の民衆の波がタイ国境をめざし、押し寄せていた。坂井は村人とともに、山岳民族の人混みに守られ、国境にたどり着いた。

しかし、あまりの大量の難民にタイ側も対応できず、国境近くの寺に急ごしらえで作られた難民キャンプに収容された。坂井はカレン族の難民の一人として、手続きを取られることになった。

ブラジルで生まれたジョアン坂井。東京五輪を観戦するために帰国した坂井勇。勝って来るぞと勇ましく国を出た坂井二等兵。タトンの日本兵収容所を脱走した坂井上等兵。カレン族難民としてタイに入国したパトゥ。坂井は何人《なにじん》なのだろうか。

サラリーマン

戦後の農地改革で小作人ではなくなったが、「五反百姓」には変わりがなかった。真島が持っていた田畑では、三人の子供を育てるには、足らなかった。

「自分たちが食べる分しかなかった。兄貴の子供でしたが、自分の子供として育てようと思っていましたから、きちんと教育も受けさせたかったですよ」

帰国後、思いもよらぬ兄の忘れ形見の三人の父親になった真島は必死だった。冬の出稼ぎは欠かしたことがなかった。東京・神田神保町で製本作業をした。東京・砂町では材木を担いだ。それでも暮らしは一向によくはならなかった。

過労で体調を壊すと、日本の風邪にはあり得ない高熱に襲われた。マラリアの再発だった。普段は思い出すことがなかったが、そのたびにずぶ濡れになり、高熱で震えながら歩いたぬかるみを思い出した。入れ墨も消えるはずがない。いったんはカレン族の男になったことを思い出した。

「このままじゃ何も変わらないということで、思い切って田畑を売ってしまったんです。その後、越後製菓で働かせてもらいました。人生で自分がした決断であれだけがよかった。正解でした。その後になったら、田んぼの値段も下がってしまってね。脱走？　どうでしょうか。いまとなってはよかったですかね」

カレン族の勇士がサラリーマンになり、再出発をした。真島は戦争や脱走、帰国などビルマでの出来事に関し、いっさい、口をつぐんだ。

「だれにいっても分からない。だれにもいう必要もない。いう気もなかった。いっても……どうなるものでもない。せんない」

一九七二（昭和四十七）年二月、真島の口をさらに重くするニュースがあった。

「恥ずかしながら、生きながらえて、帰って参りました」

三十一年ぶりにグアム島から横井庄一が帰還した。この帰国第一声が日本人が忘れかけていた、「生きて虜囚の辱めを受けず」という言葉を思い出させ、元日本兵がクローズアップされた。横井は敗戦を知らず、グアム島山中の地下壕で、ハイビスカスの木の繊維で服を作り、かごで魚を捕って生活していた。後年、サバイバル経験を語る耐乏生活評論家になった。一九九七（平成九）年、八十二歳で死亡した。

「弥一郎の大体の居場所は分かっていましたが、いったら大変なことになる」

真島は真剣にそう考えた。

現在の真島の住まいから車で約五分の小千谷市山谷《やまや》。薬師峠を越えると長岡市に入る小千谷のはずれに当たる。ここにいまでも中野が生まれ育った家があり、弟の了（六九）が家を守っている。二〇〇七（平成十九）年春、取材に訪れた。了がようやく重い口を開いてくれた。

「昭和十三年生まれですから、出征前の兄貴の記憶はまったくないです。子供のころは、うちの兄貴は戦死したと思っていました」

だが、戦後、生き残った同じ第五十八連隊の仲間が次々と復員してきた。そのなかに「中野はビルマの酋長の娘と結婚した」という話をする者がいた。噂は噂を呼んだ。

「兄貴は生きていたのかという思いと、それじゃなんで帰って来ないのかという思いがありましたよ。特にお袋がかわいそうで。せつなくてねえ」

中野の母のセンはよく嘆いていた。

「どうして弥一郎は日本に戻ってこないんだろねえ。うちが貧乏なのが嫌だったんだろうかねえ。貧乏でも他の子は帰って来るのにねえ。どうしてかねえ、ねえ」

中野が帰還しない事情が分からない了には返す言葉がなかった。

センは長男の中野を頼りにしていた。その中野が戦後も現地にとどまって帰国しない。帰ることができない事情もない。いつでも帰ることができる。なのに、帰って来ない。センはどう感じていただろう。

中野は戦争の途中、「負けたら、日本に帰らない」と決めた。日本を棄てた。日本人を棄てた。

同時に、センは中野に棄てられた。家族も中野に棄てられた。そういう思いが強くなって

㉒身につけていた母からのお守りを持つ中野弥一郎。㉓「なぜ兄は帰ってこなかったのか」新潟県小千谷市に住む中野弥一郎の弟・了。

いっただろう。

「戦後も何年かすると、復員する兵隊もいなくなって、この話題は出なくなりました。母もあまり口にしなくなりました。戦死したものと思うしかないでしょう。どこにいるかも分からないし、自分の意思で帰らないんじゃ、仕方がないという気持ちだったのでしょう」

中野はセンが買ってくれたお守りをタイ・メーソートの自宅に作った神棚に入れて、大切にしている。お守りの中の札は半分に割れているが、まだ、「妙見神社」の文字もはっきりと読むことができる。

「これが命を救ってくれたんでしょうな。まあ、母親が守ってくれたんでしょう」

それほど、思っている母親に生きていることを知らせる方法はあったはずだ。

「子供ができたときに、日本に帰ることはない、一時帰国もしないと心に決めました。日本で戦死していることになっていると思っておりましたし……」

万事、頭がいい中野のことだ。自分が「離隊」したことが日本に伝わった場合の残された家族を周囲が見る目、家族の立場など、すべてを理解していたに違いない。中野はその上で帰還しないと判断した。離隊当初は帰らなかったが、その後は帰れなくなっていた。

カレン族難民、タイで生きる

タイ国境の寺で入国許可を待っていた坂井は中野が牛車で迎えに来てくれ、ようやく難民キャンプを出ることができた。中野に遅れること二カ月。中野とともに先発していた妻と長男に再会できた。

住居は寺がなんとか居場所を提供してくれたが、異国の地タイで中野と坂井はともに生活の糧を得なければならなかった。二人に財産はないが、ビルマでも重宝した坂井の機械と中野の医学の知識があった。

「持って来るものは何でも修理したよ。時計もミシンとかもね。材木所の機械のシャフトが壊れたというので、行って直したら、今度は飛行機だっていわれたね。五、六人乗りの小さい飛行機で部品はあるけど、だれも直せない。行ったら、大丈夫だったね。機械は同じよ、飛行機も」

見事、飛行機を修理したことをきっかけに、次々と依頼が舞い込むようになった。いまでも、バンコクから夜行バスで一晩かけて行かなければならないメーソートに、坂井ほど機械修理の腕があるエンジニアは少なかった。

「でも言葉が分からないから、大変ね。機械は見れば、分かるけど、少しは分からないとね。だから、タイ語勉強したよ、結構ね」

ブラジルでは学校でポルトガル語を学んだ。帰国後、軍隊では体で日本語を教えられた。カレン族の村ではカレン語を学んだ。ビルマの共通語としてビルマ語も欠かせない。中野ともビルマ語で語り合う。パオ族の妻とはパオ語で会話をする。今度はタイ語である。

「いろんな言葉分かるけど、どれもちょっとちょっとね。ビルマ語話していてもタイ語が混ざったり、カレン語が混ざったりしてね。ポルトガル語と日本語はだめね。もう使わないからね。友達もいないしね。アチョと？　アチョとはビルマで会ってるからね、ビルマ語。二人では日本語で話したことないよ。アチョはアチョだからね」

坂井は修理で得た金で少しずつ、土地を買っていった。三人の子供を育て、いまでは十一人の孫に恵まれている。

中野も坂井と同様に自らの技術でタイに溶け込んでいった。医者のように上手く注射を打つ、それだけでも周囲の信頼を勝ち得ていった。未開の地であればあるほど、医学の知識は貴重だった。

さらに中野は商才があった。商才というには大げさでも、商売に不可欠な先を見越す目が備わっていた。

収容所を逃げる際に「衛生兵」のたすきをかけ、不測の事態のときの言い訳を用意した。逃亡後も危険を察知し、どんなに懐かしくとも日本人に近づかず、坂井と出会っても、ビルマ語しか使わなかった。ビルマ軍の進軍を予測し、一足先にタイに脱出。遅れた坂井は難民収容所に入居させられた。

周囲の状況を客観的に判断し、将来の値を予測する。これが商売の基本である。中野は自分の才を知ってか、知らずか、ビルマでも野菜の仲買人をしていた。

そんな目利きがタイで目を付けたのは深緑のなめらかな光沢が美しい宝石ヒスイだ。中国で玉といわれるが、硬玉と軟玉に分類され、宝石は硬玉だけで、軟玉は貴石といわれる。硬玉は中国では産出せず、日本では新潟の糸魚川市の姫川などで採掘される。ビルマ北部のカチン高原は世界最大の産地である。ここのヒスイをタイで捌《さば》くのだ。

タイのメーソートとビルマのミャワディとはタイ人とビルマ人であれば、一回二十四時間だけ行き来ができる。この制度を利用した。中野はヒスイのバイヤーである香港人とメーソートまで持ち込んでくるビルマ人との間を取り持った。野菜と違い、高価な宝石を扱うだけに得る金額も大きいが、危険も伴う。税関を通さない「密貿易」でもある。

「安いものは五バーツくらいからありますが、いい物は額が大きいですから、少し危ないです。いつの間にか、姿が見えなくなった仲買人もいます」

いつまでもそんな危険な商売をしている中野でもなかった。金が貯まると、小さな店を始め、田んぼや畑も買い増していった。

中野と坂井ともに生活が安定し始めた一九六〇（昭和三十五）年、メーソート近くの建設現場に来ていた松田電気という会社の日本人技術者と知り合った。中野が恐る恐る話しかけると、二人の複雑な事情を聞き、日本人技術者は驚いた。

「あなたたちは日本で戦死扱いになっているはずです。すぐにバンコクの日本大使館で手続きをした方がいい。日本に残された家族も喜びますよ」

中野はまさか日本で逃亡罪になるとは思わなかったが、「強制送還」という言葉が頭をよぎった。強制送還になれば、妻と子供と別れなければならない。いままで、懸命に生きてきたものすべてを失うことになる。

「一人、日本に帰っていまさら何になる。そうでしょう」

坂井も同じ考えだった。

「大丈夫です。軍事政権のビルマと違って、タイ国はそんな国ではありません。あなたたちは日本政府が守ってくれますよ」

国に守ってもらおうとも、頼って生きていこうとも一度も思っていなかった二人は、その言葉が信用できなかった。まして、祖国を棄てて、残った中野と坂井だった。

「それでは、私を信じてください。決して、悪いようにはしません」

この技術者の言葉を信じ、大使館に出頭する決意をした中野と坂井。二人にとって初めての大都会バンコク。見たこともないほど人があふれ、家屋が密集していた。地図を片手に坂井と街中をさまよった。バンコクでのタイ語はメーソートで覚えた中野と坂井のタイ語とは違った。「増田電気はここですか」でさえ、通じなかった。

大使館ではあらかじめ連絡を受けていたこともあり、手続きはスムーズに行われた。書類などは漢字が書けない坂井に代わり、中野が書いた。大使館での尋問も、「所属部隊は」「どこで暮らしていたか」「どうしてタイに入国したのか」「今後、日本に帰国する意思があるか」など基本的なことばかりだった。

身元確認など、日本での確認作業が行われた。日本に身よりがいない坂井はともかく、中野の場合、新潟の家族に「中野弥一郎と名乗る男がタイの日本大使館に出頭してきた」との連絡があったはずだ。月日が中野を死んだ者としたのだろうか。脱走という事実が中野を許さなかったのだろうか。新潟からだれも会いに来なかった。

「帰国するつもりも、日本が懐かしいという気持ちもありませんでした。タイで生きるために永住許可証が必要だっただけです」

中野は家族のため、タイでの生活の安定が欲しかったという。

日本大使館の尽力で二人ともタイの永住許可も取れた。国籍は「日本」、名前は「中野弥一郎」「坂井勇」。脱走から十五年、日本人を棄てて生きてきたが、日本人に戻った。だが、戻る場所は一つ。家族が待っているメーソートしかなかった。

それぞれの祖国

「弥一郎の住所を教えてくれませんか」

三年前、小千谷で暮らす中野の弟、了の元に自転車に乗った老人が訪ねてきた。真島猛である。

「いっても分からない。話してもしょうがない」

これまで、ビルマで起きたことのすべてに目をつむり、口を閉じてきた。中野とも音信不通だった。真島は長男が小千谷市内に家を建て、川口町から引っ越してきたばかりだった。

「遠かったから」

生死を共にし収容所を出た中野にどうしてそれまで連絡しなかったのかという質問に、下を向いてぽつりといった。

川口と小千谷は遠かったという意味だろうが、真島の心が遠かったのだ。中野を残し、一人、日本に帰国した。現地の生活を知っていれば、生き延びていくことの過酷さがどれほどのものか、分かる。いくら雪国新潟とはいえども、比べられるものではない。

「弥一郎を裏切った。弥一郎に悪い」

その思いが中野との距離だった。

あれから、六十年が過ぎ、自分も中野もいつ死んでもおかしくない老齢になった。時がようやく心の距離を乗り越えた。

「私は日本に帰ってきてよかったなあ。ビルマにいても、弥一郎のような技術もないし……日本で子供を育てたし。私は平凡な男ですから」

とつとつと語る真島のそばには、長男の嫁が座っている。長男はすでに亡くなり、孫は就職で小千谷を出ていき、いまは二人暮らしだ。嫁はビルマのことは初めて聞く話ばかりという。長い話になり、何度もお茶をいれ直してくれた。

「はい、平凡な男ですから」

お茶をすすりながら、真島はまた、いった。

◇

一九八五（昭和六十）年、坂井はブラジル・サンパウロに里帰りをした。

「でも、だめね。ポルトガル語が半分も分からない。親戚とポルトガル語で話していても、ビルマ語が混ざったりしてね。だめね。私はどこの国の言葉もできないし、ろくに字も書けない。いろんな所に住んで、いろんな事をしたよ。全部少しずつ。でも心は違う、ひとつね。日本人の魂。大和魂ですよ」

私たちが忘れかけている言葉でもあり、日本人の発音と少し違う坂井の「ヤマトダマシ探すイ」という言葉。一九六〇年代後半に活躍した日系人ボクサーがリング上で叫ぶ映像が浮かんだ。ブラジル、日本、ビルマ、タイと生き抜いてきた坂井は自分のアイデンティティーを探す人生だった。

日系人だからこそ、強く日本人を意識し、日本人になりきろうとした。ビルマで逃亡生活を送って以降、ほとんど日本人とは接点がなかった。坂井の中で日本人が増幅していき、過大評価していったとしても仕方がない。日本語が下手といっては殴られたが、最後は「大和魂」だった。

「あなたはいまバンコクに住んでいますか。タイ国の人、心がよくない。日本人が気持ちがいい。だから日本の女性がいい。タイ国の人はよくない」

坂井にもう結婚していると説明しても、その話題は止まらなかった。苦笑いをして、隣にいる妻のマンメンに助けを求めた。マンメンは会話の内容が分かっているかのように自分の胸を軽くたたいて、笑った。夏休み、田舎の親戚の家に来ているような気分になった。

◇

「二度と帰らない」

そう頑《かたく》なに帰国を拒んでいた中野は一九九〇（平成二）年、新潟・柏崎市（旧西山町）在住の住職に連れられ、一度だけ小千谷に帰ったことがある。

「墓参りはしないといけないと思っていました、それだけですよ」

あれほど、帰りを待ちわびていた母センはすでに他界していた。もっと早く帰ることもできたはずである。

「私は世間のことも何にも知らない二十歳で戦争に取られ、軍隊に行きました。それしか頭にはないのです。軍人精神が染み込んでいるのです。自分から離隊してむざむざ帰ることができますか。帰ることができるでしょうか」

長男の生死に心を砕いた母が他界し、軍隊で一緒だった友人も亡くなるころにようやく帰国した。帰るという気持ちになった。中野には「離隊」はそれほど重い事実だった。

「もう日本に帰って来るか。どうする」

帰国した際、弟の了の問いかけに、中野は笑って首を振ったという。

三年前には了がメーソートを訪ねた。中野の自宅に五日間ほど泊まって、くつろいだ。

「広くて結構いい家で大丈夫だなと思いましたよ。タイはもっとひどい所かと思ったけど、違いました。子供たちも学校を出て、いい就職をしているみたいだったしね。そういえば、兄貴は新潟弁じゃなかった。もう忘れたのかな。でも大丈夫、安心しました」

了はもう「帰って来るか」といわなかった。

「あっちに逃げ、こっちに逃げ、いまだに満足な暮らしもできません。小さいときから住んでいないので、生活の習慣も分かりません。言葉も満足にできず、字を習っても年を取ってからですから、すぐに忘れます」

中野は一気に話した。お守りを持った手を固く握りしめた。

「戦争に出ていなければ、なんとか人間になっていた。戦争で終わってしまいました。本当につまらない人生でした。何の希望もなく、ただ生きているだけですよ。本当につまらない人生でした」

ここまで中野が語ると、妻のマ・オンジーが口を挟んだ。深刻な表情の中野に何かを感じた。

「あなたのために苦労をしました。でも、いろんな事があっても、心配せずにいられたのはあなたがいたから。私は何にも心配したことがないのよ。あなたがいたから」

そういって中野の肩に手を置いた。気むずかしい中野の顔が笑顔であふれた。

「妻は何があっても平気な明るい性分ですから、助けられましたよ。妻と子供のために生きてきたのでしょうか」

そういって中野は照れ笑いをした。

◇

無謀なインパール作戦という戦いが数奇な運命を織り成した。中野弥一郎、坂井勇、真島猛。三人に共通する部分がある。中野は衛生兵、坂井は補給部隊、真島は旗護兵。命を削り、敵を倒す最前線よりも下がった位置にいる役割だった。そのため冷めた目でインパール作戦全体を見ることになった。「殺すか殺されるか」の兵士では分からなかった、三万人が戦病死した愚鈍な作戦がよく見えたといえる。

さらに、衛生兵の中野は病で倒れていく仲間を救えなかった。坂井は何ひとつ物資を前線に届けることができなかった。命をかけて護った真島の軍旗は燃やされた。敗戦後、「おれは軍隊で何をしていたのか」という失望感があっただろう。それが三人が未帰還兵となった原因の一つにもなった。

三人のような未帰還兵を「脱走兵」「逃亡兵」と見ることもできる。

戦闘中ではない、敗戦後、収容所から出たことが卑怯だろうか。戦地で華々しく戦死することが男ならば、どんなことをしてでも、どんな手を使っても生き抜くのも男ではないだろうか。生活の糧を得て、家族を養い、子供を育てる。それも男の生き方ではないだろうか。

――中野弥一郎

つまらない人生ではありません。あなたのような小説のような生き方、だれができるでしょうか。

――坂井勇

だれよりも日本人です。あなたの「ヤマトダマシイ」の声が忘れられません。

――真島猛

平凡な男ではありません。愚痴もいわず、辛抱強く働く、新潟人らしい強い男を見ました。

第二章　ひとりぼっちの菊兵隊

プライド

会ったことがある人は恐ろしい人だという。訪ねて行ったら、日本人だろうがタイ人だろうが、追い返されると聞いていた。

二〇〇五（平成十七）年十二月、タイ北部の主要都市チェンマイから車で一時間のランプーン市。二車線の舗装路を進むとジャングルの中に突如、塔が姿を現す。

——噫《ああ》忠烈戦没勇士の慰霊塔

慰霊碑の下には八百体の元日本兵の遺骨が納められている。高さ五メートルほどの石塔で、植栽もきれいに施され、日本酒のビンに水が手向《たむ》けられていた。マンゴーやパパイヤ畑の周囲の雰囲気とは異質の日本的空間ができていた。

「ここだと、だれが来てもすぐに分かるから」——

藤田松吉は石塔の奥にある高床式母屋の玄関先に座っていた。あまり人が来そうにない山中。その後、いつ訪ねても、同じ方向を向いて座っていた。

「もう足が悪うなってから、慰霊塔の掃除もあんまりできんごとなった。息子に掃除をせえちゅうても、せん。タイ人には、日本人の心は分かりゃせん」

階段の下には車椅子が置かれていた。在タイの日本人有志が贈ってくれたものだ。

「車椅子なんか、いらん。足が悪うても、足がある。いらん」

部屋の中では尻を引きずって歩き、つかまって立つのがやっとだが、藤田は車椅子に乗ることを潔しとはしなかった。

——菊敗れる時は日本敗れる時なり。

天皇家の菊の御紋章と同じ通称名「菊」を名乗る第十八師団（菊兵団）は日本陸軍の精強と自負していた。藤田の生涯は最強部隊「菊」の生き残りというプライドが支えていた。

藤田は一九一八（大正七）年、長崎市で父・吉三郎と、母・とくの次男として生まれた。農家だったが、貧乏なため小学校を卒業すると、馬車引きで暮らしを助けた。

「悪たれで、もうだれのいうことも聞きゃあせん。そりゃ、悪たれで」

仕事もない、財産もない、土地もない、次男坊にとって兵隊は願ってもない就職口であった。十九歳で志願し、軍人生活が始まった。

㉔元菊兵隊の藤田松吉。㉕藤田の自宅前に建立された慰霊碑。

一九三九（昭和十四）年から中国・広東で抗日運動のゲリラ相手に二年間を過ごした後、南方に転戦した。一九四一（昭和十六）年十二月二十三日、マレー半島コタバルに上陸、攻略目標はシンガポールだった。

「中国じゃ、ゲリラなんてどこに敵がおるか、分からんような戦争じゃったが、マレーのときは英国軍だ。そりゃ、相手は強い。張り切って、攻めたもんじゃ。あんまり日本が強いんで、敵が逃げておらんようなって、もうどんどん進むんじゃ」

一九四二（昭和十七）年二月八日、英国軍が放った火で燃え上がるジョホールバル水道を渡り、シンガポール上陸。九日にテンガ空港攻略、十五日に難攻不落の東洋の要塞といわれたシンガポールを占領した。

「シンガポールでは、もう内地に帰れるという話もあってみんな楽しみにして待っとったんじゃが、今度はビルマじゃ」

そのころ、長崎からの手紙が届いた。父・吉三郎の写真が同封されており、死亡の事実だけが淡々と書かれていた。

「戦争に出たときから、家族は棄てたも同じ。お父さん死んだとも、涙なんか出やせん。軍服を着て、軍人だったら当たり前。戦争に来て、女房か、妹か、分からんけど、女の写真を見て泣くやつがおった。戦争に出たら、ひとりぼっち。ひとりぼっちよ」

一九四三（昭和十八）年八月、インパール作戦の配置が決定した。藤田の第十八師団歩兵五十五連隊は中国国境のフーコン谷を攻めることになった。中国とインドの補給ルートを遮断し、インパール作戦の間、敵をこの地に引きつけておく作戦だった。

フーコンは現地のカチン語で「死の谷」を意味する三千メートル級の山脈に挟まれた大峡谷だった。正面には米国軍、中国国民党軍十万がビルマ侵入を狙っていた。藤田が携行した武器は三十八式歩兵銃だけだった。連合国軍に制空権も握られ、圧倒的不利な中、精強といえども、わずか四千の兵で耐えしのぐのは土台、無理な作戦だった。

「こんなことで勝てるわけないとみんなが思っとったよ。弾も食料の補充もなくて、どう戦う。撃って弾が無くなったらどうする。牟田口がばかじゃから、こんなことになったんよ。牟田口がばかじゃからよ」

一九四四（昭和十九）年、フーコン谷。藤田は場所も日時もはっきりとした記憶がない。

最前線に位置する五十五連隊は明け方、すさまじい砲撃に遭った。まっすぐに湖を目指して走った。そのとき、砲弾がすぐ脇の木に命中し、大音響とともに炸裂した。破片が飛び散った。左足に強い衝撃が走った。

「痛いとか思う間もない。その場で倒れて、何がなんか分からんよ。やられたと思ったけど、動くことはできんし、その場にじっとしとった。ほら、ここよ」

藤田は左ふくらはぎの大きな傷跡を見せてくれた。直径三センチほどだろうか。砲弾の破片が貫通していた。

「なんとか、骨は大丈夫で助かったけど、ピンポン球くらいの穴が空いとった。後方に下がったら、衛生兵がガーゼを詰めてくれて、包帯巻いて、それで終わりよ。薬なんかなか」

インパール作戦中止決定の七月八日に先立ち、菊兵団は七月五日、撤退を始めた。精強部隊も二十倍もの敵の前に壊滅状態に陥っていた。

左足を引きずりながらも連隊についていこうとしたが、遅れ始めた。目的地はビルマ北部のカーサで、そこから列車で後退すると聞いていた。

「そこまで行けば、どうにかなる」

そう思って歩くが、激しい雨と極度の疲労で進まない。

「追及してこーい」

うずくまっていると、追い越しざまに、声をかけられる。

「追及せよというても、こっちは歩けん。何が追及せよか」

藤田の周囲には同じ五十五連隊の仲間は見あたらない。その代わりに、徐々に遺体が増えていった。

「獣に食べられると思って、頭だけを埋めた。遺骨と思って、小指を一本一本切って、背嚢《はいのう》に入れていった。けんどね、途中から多すぎて、どうもならん」

足の傷はせめてウジがわかないようにと小川があるたびに、水に浸して、またガーゼを詰めた。相変わらず、穴はふさがらなかった。

「どのくらい経ったか、分からんけど、カーサの駅に着いたら、汽車が出るところじゃった。多分、ラングーンまで行く汽車と思って、乗ろうとしたけど、足が悪いんで、乗れんたい。みんなわしを置いて行った。また、ひとりぼっちや。簡単にいえば、置き去りにされたちゅうことじゃ」

藤田はカーサからまっすぐに南下し、タイ国境を目指すことにした。どこまで歩いてもジャングルは続いた。木の皮をはぎ、野草を食べながら、歩いた。

ついにサルウィン川を越え、タイ国境に迫った。そのころ、連合軍がまいたチラシを拾った。

――日本軍将兵に告ぐ
日本無条件降伏す
天皇はポツダム宣言を受諾
日本軍将兵は現状のまま、次の指令を待て。

「何も思わんよ。あの戦争に行ったものなら、分かる。こりゃ負けると思うよ。あれを見たら、勝つと思う方がおかしい。ありゃ負ける。しょうがない。食う物もない、弾もない、ありゃ負ける」

敗戦時、藤田が所属していた第五十五連隊は、ビルマ南部のシッタン川河口付近で、南ビルマを本拠にしていた第二十八軍の退却作戦を支援していた。同じころ、藤田が歩いていた地点はタイ国境に近く、本隊とは三百キロ以上も離れていたことになる。

敗走した藤田が現在でも記憶している地名は少ない。このため、どのルートを南下してきたかはよく分からない。

その藤田がはっきりと地名を記憶している村はドンケオ村である。タイ領内に入り、チェンマイ郊外のメーリム郡にあり、藤田が汽車に乗り損ねたというカーサから直線距離でも七百キロはある。半年ほどかけ、雨季の山中を一人で歩き抜いたことになる。ドンケオ村はチェンマイの北に当たり、ビルマからチェンマイを目指すルートはいくつかあるが、北からのルートは必ず、この村を通過することになる。

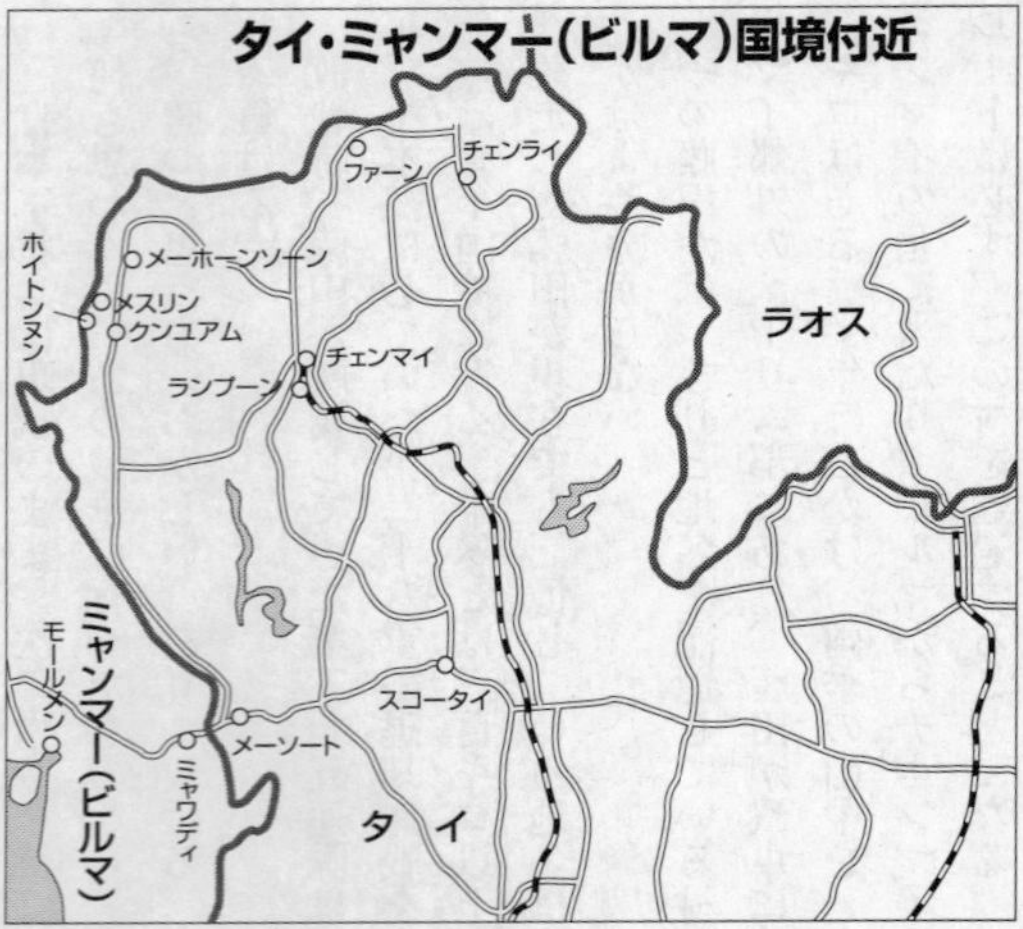

ここには日本軍の野戦病院があり、藤田は日本軍と合流した。ここで食料を分けてもらい、軍医に足の治療を申し出た。小川があるたびにガーゼを詰めていた傷はすっかり癒え、「治療の必要なし」と診断された。

藤田はチェンマイ近郊のバンビアン村に駐屯していた輸送部隊と行動を共にすることになった。輸送部隊では食料輸送を担当することになり、タイ人の担ぎ屋百二十人と一緒に、米や干し魚、塩などを日本軍駐屯地があったクンユアムまで運んだ。クンユアムは現在、「第二次世界大戦博物館」がある。そのクンユアムまでは往復一カ月かかる。それを三往復ほどしたある日、バンビアンに戻ると、輸送部隊が消えていた。バンコクに移ったというのだ。

「タイ人の金も払えんし、だれもおらん。どうしたらいいんか」

持っていた食料を換金して、タイ人に支払い、すぐにチェンマイの警察署に飛び込んだ。だが、署長は同じような日本人が数人になったら、便宜を図るから、それまではバンビアンで待っていてくれと説得した。

「ただ待っとっても、飯は食えん。タイ人の畑の仕事をして待っとったけど、来やせん。一年くらい待ったら、もういいやと思うようになった。日本に帰ってもだれもおらん。どうせ一人ならタイ国に残ろうと思った。一度は死んどる。草食ったり、木の皮食ったりして、生きてきただけじゃ。どうなっても構わん。殺されても構わん。タイ国に残ろう、どうせ、ひとりぼっちじゃ」

日本を棄てる

藤田は安い賃金で農作業の手伝いを続けた。タイ人よりも中華系タイ人の方が待遇がいいと思い、転がり込んだ。いいといっても一カ月二百五十バーツ（約一千円）という低賃金だった。食べるのがやっとだった。バンコクとチェンマイを結ぶアジアハイウエーの建設が始まっていた。バンビアンを出て、チェンマイの工事現場で作業員として働き始めた。

「日本人を隠したことは一度もありまっしぇん。ただの一度も。日本人を隠したりこそこそと逃げたりはせん。いつも堂々と日本の軍人というとった」

一九五〇（昭和二十五）年、工事現場に当時のピブン首相が視察に訪れた。そのとき、周囲から日本人が働いていると聞き、声をかけてきた。

「日本人だけど、なんの証明もない。タイ人の証明もない。おれは犬の子一匹じゃ、なんもなか」

藤田はいつもの調子でピブン首相に話した。気の毒に思ったピブン首相はその場で「バット・プラチャーチョン」といわれるタイ人身分証明書を作ることを役人に指示。藤田はタイ人を名乗ることになった。タイ人としての名前は「ターカム・シェクチェム」。どちらも工事現場近くの村の名を取った。

タイ人身分証明書を手にして以来、以前は「日本軍人」だった藤田の口癖が変わった。

「おれは第一は日本軍人、第二はタイ人」

藤田はタイ人として生きていく決意を固めた。工事現場監督の紹介でタイ人の妻をもらい、男の子を養子に迎えた。

「いつも日本に棄てられた。今度はこっちが日本を棄てようと思った。こっちからよ」

その後、タイ人作業員をまとめる通訳兼現場監督として、前田建設のプロジェクトに参加、日本人駐在員と懇意になり、藤田松吉の名はせまいタイの日本人社会で一躍有名になった。

これがきっかけで映画監督の今村昌平が記録映画に出演する条件で航空運賃や滞在費などすべての費用を負担することで、帰国が実現した。その映像は現在、「今村昌平傑作選」としてDVDで発売されている。

一九七一（昭和四十六）年、長崎に帰ってきた藤田を待っていたのは「戦死者」という現実だった。

長崎市内の高台にある藤田家の墓には原爆で亡くなった親戚と一緒にクリスチャン名とともに、

――ペートロ　藤田松吉

藤田の名も刻まれていた。

兄が守る自宅には戦死報告書も届いていた。

――留守宅を守る皆様には藤田松吉様の安否に日夜ご苦労のことと存じます。藤田松吉様は昭和十九年十二月二十三日、ビルマの第十八師団カインテック第二野戦病院にてマラリアと左腕上腕貫通のため戦病死致しました。近日中に発布公報を発送いたします。

昭和三十年一月七日　援護局

「なんで、あんなことになっとったんかと、びっくりしました」

藤田は左足に負傷はしたが、腕を負傷したりマラリアにかかったことはなかった。援護局への報告は幼いころからの友人が偶然、藤田に出会ったとする報告を基に作成されていた。

友人は財産権を放棄する旨の報告もしていた。

「おかしいと思ったよ。だって会ったこともないのに、どうして印鑑の話なんかするか。ほら、いまも腕に傷はないやろ」

友人は兄とも知り合いだった。藤田の疑念は兄に向けられ、詰めよった。

「だれかがわしを殺したんだ。だれが殺したんか。わしは金をもらいにきたんじゃない」

兄はこう返した。

「何しに帰ってきた」

「目障りな、二度と来るな」

「死ねばよかった」

子供のころから仲が悪いとはいえ、三十年ぶりの再会とは思えなかった。当初、三カ月程度、滞在する予定だったが、わずか四日間でタイに舞い戻った。兄の元に届けられていた戦死者に贈られた勲章だけは大事に持っていた。以来、二度と日本の土を踏んでいない。

「日本は何でも金、金の国になっとった。わしが知っとる日本はそんなことはなかった。日本は金に狂った、だめな国になってしもうた」

藤田はチェンマイからランプーンに引っ越し、少しずつ、原野を開拓していった。小屋に寝泊まりし、果物の樹を植えた。果樹園はどんどん広がっていった。土地の権利書などはなく、開拓した者に権利があった。藤田は五ヘクタールもの堂々たる農園主になっていた。

「まだまだ、英霊の遺骨はたくさん残っとる。わしが掘らんと、掘る者がおらん。仕事の合間に鍬を持って行った。地元の者に日本人をどこに埋めたか、聞けばすぐに分かる。なんぼでも、ある。でも全部は持って帰れん。状態のいいものしか、ボロボロに崩れて箱に入らん。チェンマイだけじゃなくて、メーホーンソーン、ファーン、クンユアム。日本人が駐屯しとった場所には必ず、埋葬地がある。あちこち行ったよ」

遺骨は徐々に増え、自宅前の慰霊碑に納められた遺骨は八百体に上った。

一九七七（昭和五十二）年、厚生省の遺骨収集事業がタイ北部でも行われるようになった。藤田も必ず、同行した。

「遅いよ、もっと早ければ、もっと取れとる。掘っても、遺骨の中に泥がいっぱい入っとる。遺骨の涙でいっぱいじゃ」

日本からの遺族が遺骨を見て泣いていた。

「なんで、泣くんじゃ。泣くくらいなら、早く掘りに来い。なんで、泣くんじゃ」

藤田はいまでも、軍服を着た仲間の夢をよく見る。敗走している悲惨な姿ではなく、出征前のような、凜々しい格好だ。その友人に自分の姿も重ね合わせる。強い日本陸軍の代表的部隊の一員であった藤田松吉伍長の姿を思い浮かべる。

藤田は帰国した際、靖国神社に参拝している。

「あそこにはおらん。帰ってない。魂は死んだ所に残るもんじゃ。タイで死んだらタイ、ビルマで死んだら、ビルマの山の中に残っとる。日本には帰っりゃせん。だれかが残って供養せんといかん。わししかおらんやろ」

◇

藤田の言葉は常に辛辣で、人を寄せ付けない雰囲気をまとっている。同じ未帰還兵でも、家族に恵まれ、助け合いながら生きてきた中野や坂井の孤独感とはまったく違う。

藤田は妻が他界し、現在は養子である長男家族と暮らしている。藤田は無理をして長男を医師になる学校に入れたが、その長男は薬物に手を染めた。長男家族を養うために農園の半分を売却した。

「わしが一生懸命に土をおこして、樹を植えたのに、何も思わん。タイ人は恩を知らん。そこが日本人とは違うところじゃ。何をもらっても、もらうのが当たり前と思っとる。ありがたいとか、思うことはない。もらうのが当然なんじゃ」

私が取材中にも、孫を呼びお茶を催促したが、孫は怯えている様子で、私がバンコクの日本人向けスーパーで購入した手みやげのせんべいを持ち、そそくさと離れの小屋に消えた。

その舌鋒《ぜっぽう》は日本人や日本にも向けられる。

「日本人はだめじゃ。使うときだけ使って、用がなくなれば、あとはほったらかし。けがをしたら、そのままほっとく。なんじゃ、ありゃ。遺骨があるのに、だれも取りにも来ん。みんな、ほったらかしじゃ。それで、金のことばっかりいう。日本が嫌いなわけじゃないが、日本人はこんなもんかと思う気持ちがある。気持ちが汚い者はだめじゃ」

そのボルテージは「逃げた」という言葉を聞くと、さらに激しく上がる。連隊での藤田の記録は左足に被弾し、衛生兵が手当てをし、入院後不明になっている。部隊に戻ってきた記録はない。軍隊で部隊に復帰しないことは逃亡罪に当たる。

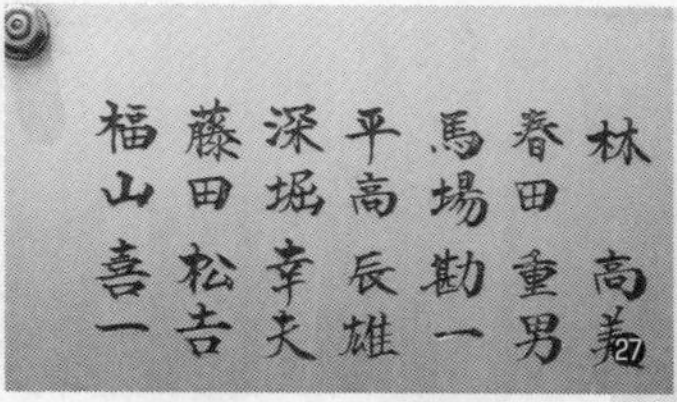

㉖大村市にある正福寺の慰霊碑。
㉗正福寺の戦死者名簿に刻まれている「藤田松吉」の名。

「逃げたんじゃない。なんで、逃げてここにおるんか。戦争に行ったら、帰るつもりはなかった。戦いに行くのに、自分が軍服を着て、戦うのに、なんで帰ることができる。歌でもあるでしょ、知っているでしょ。勝ってくるぞと勇ましく誓って国を、って」

「なぜ、帰国しなかったのか」という質問にも激しい口調で答える。

「わしはいつでも帰れる。恥ずかしくて帰らんわけじゃない。なんで、戦いに行った軍人が戦争が終わって国に帰るのに、恥ずかしいと思うか。そんなことじゃなか。わしが遺骨を集めて供養せんとだれがする。日本でだれが死んでも関係なか。おれはひとりぼっち。ひとつも寂しいことはなか」

◇

私は二〇〇七（平成十九）年五月、長崎県大村市の正福寺を訪れた。歩兵第五十五連隊の慰霊碑には五千三百七十四人の戦死者の一覧が刻まれている。

――林高美、春田重男、馬場勘一、平高辰雄、深掘幸夫、藤田松吉……

藤田の名前を見つけた。

私はこう考えている。

菊兵団の藤田松吉は負傷し、部隊に戻ることができなかったか、しなかったか不明だが、そのときに死んだ。現在でも、意気軒昂な性格からすれば、「おれば、軍人魂みせちゃる」と見栄を切り、戦地をかけたであろう日本軍人・藤田はそのとき、すでにこの世から消えた。タイに残留し、遺骨収集という目的を見つけ、日本人・藤田は生き返ったが、軍人・藤田は生き返らなかった。藤田の心の奥底に「追及してこーい」に応えなかったことがいまでも残っている。その心残りが一心不乱に遺骨収集に向かわせているのではないだろうか。藤田はひとりぼっちでタイに残った。

毎年八月十五日の終戦記念日、藤田は慰霊碑に日本酒と花束を手向ける。第一は日本軍人、第二にタイ人。藤田はきょうも玄関先に座って外を眺めている。だれかが来るのを待っている。

第三章　ウラペと呼ばれた男

仲間はずれの軍曹

手元に一枚の写真がある。私は数多く存在した「水島上等兵」の一人と信じている。タイ北部のクンユアム警察署が保管している写真を焼き増ししたものだ。元日本兵を捜す手がかりになればと一枚譲ってくれた。

男が板の間の毛布の上に横たわっている。死の直後に撮影されたものだ。鼻と耳が大きく面長、老人ながら骨格がしっかりして大柄。丸顔で剽悍《ひょうかん》な山岳民族とは違う。この辺りではいるはずがないといわれる富士額だった。

深緑のカレン軍の軍服を着せられている。臨終《いまわ》の際《きわ》、埋葬するときにはこれを着せてくれと家族に頼んだ。反政府運動を続けるカレン軍の軍曹だった彼が生きてきた証である。「ウラペ」と呼ばれた男。

一九九九（平成十一）年九月二十九日、ミャンマーとタイ国境の難民キャンプで死亡した。死因は老衰だった。

私は二〇〇七（平成十九）年五月、タイのメーホーンソーンから、四輪駆動車でウラペが暮らしていた難民キャンプがあるメスリン村に向かった。

国境付近の政情は不安定で、マシンガンを持つタイ陸軍の護衛がなくては、取材許可が下りなかった。一週間前も反政府ゲリラを追って国境を越えたミャンマー軍とタイ軍の銃撃戦があり、双方で四人が死亡した。

ミャンマー側に流れ込むサルウィン川水系とタイ側に流れ込むビン川水系の谷と尾根が重なり合い、複雑な山渓を織り成している。地元の山を知り尽くしているはずの陸軍でも国境が判別できない。

付き添いのタイ陸軍派遣の兵士は二人。「少ないんじゃない？　大丈夫」と上官に冗談をいうと、「優秀な二人を選んでいるから」と真顔で返事をされた。

メーホーンソーンから約一時間、幹線道路を走る。この二車線舗装の快適な山岳道路もかつて「白骨街道」と呼ばれ、工事のたびに日本兵の遺骨が発見された。メーホーンソーンは敗走した日本軍の集結地チェンマイとミャンマー国境の中間地点に当たる。

幹線道路をはずれると、とたんに川床を走っているような悪路に変わる。雨季にはまず、通行できない。四月は乾季だが、五度、川を渡った。そのたびに兵士が川に入り、車が渡河できるか、深さを確認する。倒木を道の脇に寄せ、道路幅を確保した。このための兵士だったのか。二カ所の検問を通過した。

途中、いくつかの山岳民族の村の脇を抜ける。カレン族はワンルーム、ラワ族は縁側付き、アカ族は土間付きなど民族によって家の造りに違いがあるが、日本人の目にはすべて「高床式」にしか見えない。

最後の尾根を抜けると、約四百世帯二千人が暮らすメスリン村が見えた。村人全員がミャンマーから逃れてきた山岳民族の難民である。ビルマ族以外のカレン族、シャン（タイヤイ）族などあらゆる少数民族が、タイ政府の保護の下で生活している。

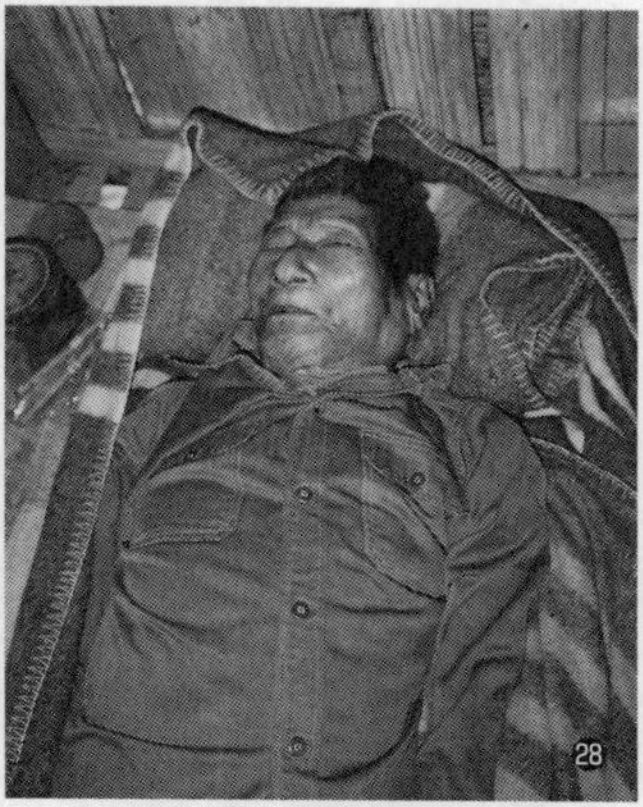

㉘カレン軍の深緑の軍服を着せられた「ウラペ」の遺体。

山岳民族の言葉はそれぞれ違い、まったく通じない。カレン族でも赤カレン族（成人後の女性の衣装の色による）、白カレン族、黒カレン族があるが、意思の疎通は共通語のビルマ語を使っている。

墓は村のはずれにあった。カレン族が信仰するキリスト教の影響で竹の十字架があったが、上の部分が朽ち、Tの字になっていた。ウラペの娘エー（四〇）は二、三日に一度墓参りをするというが、とてもそんな風には見えない。荒れ果て、墓の草を馬がはんでいた。ミャンマー国境まで徒歩三時間、ウラペはタイ領内のはずれに眠っていた。

一九七五（昭和五十）年、ウラペはミャンマー東部から家族とともに国境を越えた。サルウィン川のほとりにあるポクター村でカレン軍兵士を務める傍ら、ホウレンソウやパクチー（香草）を栽培して、生計を立てていた。カレン族の男は平時には畑を耕し、有事に政府軍と戦う「兼業兵士」だ。

当時、ビルマ軍は山岳民族の掃討作戦を展開していた。その一環として、国境周辺の村を一斉に急襲した。

カレン族とシャン族が混在していたポクター村も焼き討ちに遭い、家々が焼き払われた。村人全員が三日かけ、メスリン村にたどりついた。ウラペも妻と三人の子供を連れ、エーも一緒だった。

「父はいつもは優しかったけど、酒を飲むと人が変わった」

難民キャンプでは米を発酵、蒸留させた焼酎は高級品である。手作りとはいえ、いつも飲めるわけではない。ウラペは酔うと家族の知らない言葉をつぶやき、荒れた。

「それは日本語ですか」

家族が尋ねたことがある。

鬼の形相のウラペは鉈《なた》を投げつけた。
「外でそんなことをいったら、お前の首をかき切る」
家族には酔ってつぶやくウラペの言葉が呪詛《じゅそ》のように聞こえた。焼酎の香りと呪詛が漂う
と、家族は静かに隣家に逃れた。

◇

――1942年にマレーシアからシンガポールに入る
戦い続けた
1945年ビルマから来た。

ウラペが持っていたタイ語のメモが残っている。

タイで生まれ育った人間が書くようなくせの強いタイ文字。タイ語ができなかったウラペは書いたわけではなく、タイ語ができる他のだれかに書いてもらったものだろう。生前、いつか自分の身分を明かすときに必要と思い、大切に所持していたと思われる。

メモにあるルートは藤田松吉が所属していた九州・久留米の第十八師団「菊兵団」の作戦経路と一致する。

ウラペはカレン軍軍曹として三十人程度の小隊を率い、ゲリラ戦の指揮を執り、ビルマ軍と戦った。その姿に若い兵士があこがれた。退役後は兵士の軍事指導に当たっていた。

ウラペがメモに残したビルマから来たという一九四五（昭和二十）年ごろは二十五歳前後

と思われる。菊兵団ならば、十八歳で召集を受け、数年は中国戦線で激戦をくぐり抜けた。その後、マレー半島からシンガポールを陥落後、ビルマに進軍しインパール作戦に参加したことになる。

当時の日本軍としてだけでなく、世界中の軍隊でもトップクラスの実戦経験を持った兵士だったはずだ。まともな軍隊の体をなしてなかったカレン軍にはうってつけの教官だったことになる。

カレン軍には日本人と思われる上官がいた。時折、ウラペと上官は他の者が理解できない言葉で語りあっていた。上官はタイ領内に逃げる以前の一九六〇年代後半、ビルマでマラリアにかかり急な発熱後、死亡した。上官には子供が三人いたというが、所在は分からない。

◇

ウラペにはエーのほかに妻のジャーン（七四）と二人の息子がいる。エーに会った難民キャンプからの帰り道、ジャーンの家を訪ねた。日本での取材と違い、居所さえ分かれば、取材は簡単。拒否されない限り、家か畑に行けば、必ず会えるから、「何時に行きます」などというアポも不要である。

エー以外の三人はメーホーンソーン近くの空き家に住み着き、ほそぼそと畑で野菜を作り、生活している。難民でもいくつかの身分証明書があり、キャンプから数キロ以内、メーホーンソーン県内などと行動範囲が決められている。ジャーンら三人はかなり行動範囲が広い

「いい身分証明書」を所持していることになる。

「日本はこんなに暑くない。海があって、食べ物がおいしい国だ」

ウラペは妻のジャーンにこういって自慢していた。ジャーンも結婚前から、元日本兵だと知っていた。ある意味、元日本兵は近隣の村の「有名人」だった。

「おれは日本人だ。おれと結婚しなかったら、お前を殺して木から吊す」

㉙ウラペの妻ジャーンと長男トン、嫁のマイ。㉚双子の息子を抱くウラペの長女エー。

まだ、十八歳だったジャーンに迫った。あまりにも激しい男だ。隣でこの話を聞いていた長男トンの嫁のマイ（二六）が「あら、お母さんも、モテモテだったのね」というように、クスッと笑った。だが、トンが「本当に父はそんなだったんだ」というように目で教えた。トンはいまでも父に怯えている。腕にはウラペが斬りつけた傷が十センチほど残っている。

「結婚前は『ウナミ』と名乗っていた。いつのころからか、仲間が『ウラペ』と呼ぶようになった。いつか、どうしてかは思い出せない」

「ウナミ」という言葉はカレン語にもビルマ語にもない。日本人の名前で「宇波」と書くと推測できる。

それでは、なぜ「ウラペ」と名乗るようになったのか。「ウラペ」という言葉はカレン語にある。一つのものから離れて行くという「仲間はずれ」という意味を持つ。

ビルマ語でもタイ語でも正式な名前はとてつもなく長いため、あまり意味のない言葉を通称にする。「椅子」や「臼」「木」などである。

だが、なぜ「仲間はずれ」という縁起のよくない名前を付けていたのか。こう考えられないだろうか。

日本軍からの逃亡兵である自分。

ビルマからの独立を願っているわけではないカレン軍兵士の自分。

家族が使うシャン語もあまり話せない自分。

日本人としての意識は高いが外に出せない自分。

過去も話せない自分。

ビルマ人でも、カレン人でも、シャン人でも、日本人でもない。「仲間はずれ」の「ウラペ」である。

その鬱屈《うっくつ》した気持ちが酔ったときに出てしまう。日本語で愚痴をつぶやく。

「なんで、おれはここにいるのか。日本人じゃないのか」

家族にはその日本語が呪詛に聞こえた。

父が生きていた

二〇〇七（平成十九）年五月二十日、九州大学医学部からの書面が長崎県諫早市の福島スミエ（六九）の元に届いた。

ウラペとのDNA鑑定の結果だった。鑑定はウラペの長女エーと長男のトンと福島との間で行われた。

福島の父、園田竹千代は歩兵第百四十八連隊に所属。昭和十九年九月十四日、中国・雲南省騰越《とうえつ》で戦死した。

騰越はビルマを目指して西進していた第百四十八連隊が隊旗奉焼した玉砕地点で、はっきりとした記録がない戦死者は「騰越にて戦死」と残されている。園田竹千代は戦死者三千四百六人の一人だった。遺骨もなく、戦後、小石が送られて来ただけだった。

「当時としては当たり前でどこにでもある話だったけど、少し嫌でしたね。叔父と思っていましたから」

戦後、父の弟が復員した。そのまま戦死した父の代わりに母親と結婚した。両家にとって願ったりかなったりの再婚。どこにでもある戦後の風景だった。

だが、すでに小学生一年生になっていた女の子には複雑だった。義理の父にかまってもらい、無邪気に喜ぶ幼い弟が歯がゆかった。近所の人からそういう話を聞くのが耐えられなかった。耳を押さえたかった。

「でも感謝していますよ。一言もいわず、私たちを育ててくれたんですからね」

成長するにつれ、戦争や父のことは記憶から薄れ、義理の長女として育った。

一九九七（平成九）年夏、諫早市にあるヤンエー・パゴダに偶然立ち寄った。丘の上にまばゆく輝くパゴダ（仏塔）に惹かれた。パゴダは地元の篤志家によって父・竹千代が所属していた第百四十八連隊の戦死者の鎮魂のために建立された。パゴダの中には戦死記録がある。福島はゆっくりとページをめくる。「そ」の欄にあった。

――昭和十九年九月十四日　園田竹千代　伍長

忘れてかけていただけに驚いた。

「私は竹千代の長女だったんだ」

福島は母や義理の父に遠慮して、父の存在自体をないものにしようとして生きてきたことに気づいた。母は一九九一（平成三）年六月三日にすでに死亡していた。雲仙普賢岳の火砕流が起きた日だった。義理の父も老齢で入院していることもあった。戦死した父への思いが募った。自分も市体育館職員としての定年も迫り、子供を育て上げたこともあった。名簿を見つけてから、三カ月後、地元の西日本新聞にこんな記事が掲載された。

――タイ北部に元日本兵

国境地帯で52年。

福島は記事の内容よりも三段抜きの写真に目を奪われた。日本人に肩を抱かれて真ん中で写っている、「ウラペ」という元日本兵。面長で目鼻は大きく、耳も大きい。戦死した父の生き写しと親戚中でいわれている従兄弟にうり二つ。ということは、死んだはずの父にそっくりだった。

「会って確かめたい」

三カ月前に戦死記録を発見したばかりだった興奮も手伝い、行動は迅速だった。

「戦死したといわれている父に似ています。本当にそこで戦死したか、分かりません。記録がないので生きているかもしれません」

すぐに西日本新聞社に連絡した。現地行きはとんとん拍子に進んだ。同行する予定の夫も吹いたことがなかったハーモニカの練習を始めた。言葉は忘れても音楽は忘れるはずがない。選んだ曲は「ふるさと」と「正月」。あわただしく出国の準備をする間にも、入院している義理の父にはどうしても切り出せなかった。

出発前、看護婦さんや病院の人には「テレビでニュースを見せないでください」とお願いした。義理の父に遠慮する感情よりも、「確かめたい」という感情の方が強かった。出征前の父をよく知る父親の末弟の叔父が同行した。

その年の暮れ、一九九七（平成九）年の十二月二十日。メーホーンソーンから山道をたどり、ウラペが暮らす難民キャンプがあるメスリン村に向かった。

福島は自宅にあった古い写真や父の好物だったウニの瓶詰め、夫はハーモニカを携えていた。日本を思い起こさせる二曲以外に「蛍の光」もマスターしていた。

「経験したことのないようなすごい道の連続で、こんなところに父が生きていたなんてと思い感動しました」

日本では見ることができないジャングルと渡河もある悪路。初めての海外旅行がミャンマーとタイ国境の無政府地帯のジャングル。行き先は難民キャンプ。福島をここまで突き動かしたものは「まさか、生きていた」という衝撃と、義理の父と母に育てられ、父のことを思い出さないようにして生きてきたという贖罪《しよくざい》意識だった。

難民キャンプに到着すると、ウラペは確かにいた。存在していた。顔つき、後ろ姿、従兄弟にそっくり。新聞に掲載されていた写真と同じ男が高床式の家の縁側に座っていた。

「お父さん」

「お父さん、分かりますか」

「スミエです」

ウラペは答えなかった。

「耳が遠いので分からない。日本語は長い間、使っていないのでもう忘れた」

カレン語でそういって、耳をふさぎ、聞こえないそぶりをした。

福島が持ってきた父の出征前の写真を見せるが、「目が悪いので、見えない」。用意してきた虫眼鏡を渡して再び見せるが、「見えない」と首を振った。

福島が話しかけている間、夫はハーモニカを吹いた。異国で響く「ふるさと」のメロディーはもの悲しい感じがした。

いくら話しかけても、ウラペは反応しなかった。

日が暮れると、悪路を走ることはできない。難

㉛難民キャンプで父と信じたウラペ（中央）と面会する福島スミエ（左）。㉜福島スミエの父・園田竹千代。

民キャンプの滞在は事前に申請した日時しか認められない。帰りのときが迫った。

これが最後。福島はハーモニカの伴奏で「蛍の光」を歌った。「蛍の光」はスコットランド民謡で世界中で日本だけ別れの曲に使われている。一八八一(明治十四)年に尋常小学校の唱歌に指定され、海軍では「告別行進曲」、海軍兵学校の卒業式でも歌われた。『ビルマの竪琴』の中でも、水島上等兵の伴奏に合わせて収容所の日本兵が合唱する「はにゅうの宿」も英国民謡で、双方がメロディーを知っているため、英国の兵士との交流のきっかけになった。

「ほたーるのーひかーり　まどのーゆーきー」

ジャングルの難民キャンプ。何事かと取り囲んでいる難民がキョトンとして、何かを思い出してもらおうと懸命に歌う福島、ハーモニカを吹いている夫を見つめた。夫婦は真剣だった。

「もう帰るのか」

ウラペは知っていた。「蛍の光」が別れの曲だと、知っていた。その時、福島は少なくとも「日本人」だと確信したが、「父」との確信は持てなかった。

だが、同行した父の弟の吉田忠利は「顔はよく似ているが、親指が長い足の特徴や右手の手相がますかけ(手のひらを真横に貫く)ではなかった。村相撲の横綱だった兄にしては背も低い」と語った。

生きていてほしいという期待が現実よりも勝っていた福島よりも、父の弟の方が冷静だったといえる。

あきらめきれない福島は嫌がるウラペの口を綿棒でかき、持ち帰った。最後の手段、DNA鑑定をするつもりだった。だが、素人が採取したためか、鑑定には不十分だった。

「違うかなとも思いましたが、もしかして父かもしれない」

そういう思いは断ち切れなかった。

二年後、ウラペ死去の知らせは現地で山岳民族支援や元日本兵の遺骨収集活動をしている仏教団体「慧灯会《えとうかい》」（佐賀県基山町《きやまちょう》）から届いた。すべての糸は切れた。

「どうして日本語で話してくれなかったのか。どうして聞こえないふりをしたのか。もやもやしたものはありましたが、もう忘れようとあきらめていました」

◇

二〇〇七（平成十九）年に入り、事態が進展した。

長崎県出身で、タイに残留する元日本兵の取材をしている長崎放送の熊切秀昭が、ウラペの家族に会うためにタイに赴くという。

熊切に再度、DNA鑑定を勧められた。ウラペの妻のジャーンと、実子である娘エーと息子トンの口内のDNAを採取し、日本に持ち帰る約束をしてくれた。エーとトンのDNAと福島のDNAの比較で血縁関係かどうか、判明する。

その結果が二〇〇七（平成十九）年五月二十日に届いた。

――母、娘、息子のＳＴＲ型から父のＳＴＲ型あるいは一方のアリルの型を推定し、それを日本人女性が有するか否かをみると、ＴＨ０１でのみ父娘関係が否定される。

――娘と息子は母と同じｍｔＤＮＡの型で、母子関係は否定されない。

福島には数字が羅列されている表の末尾に書かれている言葉も難解で理解できない。だが、この文章だけは分かった。

――日本人女性とエーの父との間に父娘関係は存在しないと考えられる。

ＤＮＡ鑑定は福島とウラペの実子との血縁関係を否定していた。ウラペは父、竹千代ではないとの結論を導き出した。

「いまでも、戦死は間違いで父がジャングルで生きているような気がします。でも、これで本当にはっきりしましたね。いい夢を見させてもらいました」

福島の顔はすっきりとしていた。

「若いころから、戦争ってなんだろう、父はなぜ死んだんだろう、そういうことを考えずに生きてきたけど、いろんなことを考えることができました。育ててくれた母、義理の父に感謝する気持ちも強まりました」

福島はウラペが書いてくれたメモ帳を大切に持っている。

――ウラペ

ビルマ語で横線の上に書かれている。現在は使われていない草書体。高学歴のビルマ人しか書けない字だ。山間部でゲリラ活動をしているカレン軍の兵士はビルマ語の草書体を書くことも、メモ帳の横線に沿って書くこともできないと思われる。

メモ帳の右ページには福島の字でこう書かれている。

——左の字はさて何語？

目がみえず耳がきこえないと云いながらキチンとペンをとりなめらかにペンをすべらせてのサイン。

タイからの留学生も判別できず。

でも貴重なサイン。

平成十一年一月六日没との連絡あり。

福島は「慧灯会」が行っている山岳民族の里親制度に応募した。里子一人、一年間一万円で学校に通わせることができる。夫婦で二人の子供の里親になっている。一年に一度、手紙と元気そうな写真が送られてくる。

「ウラペが授けてくれた子供たち」。そう思い、福島は縁が切れないように紡いでいる。最後に福島はこういった。

「ウラペって、だれだったんでしょうね」

◇

ウラペの元には数年に一度、日本人が訪ねてきた。もっとも熱心だったのが「慧灯会」の僧侶、調寛雅《しらべ》である。調はウラペが元日本兵と信じ、帰国を勧めた。西日本新聞の記事も調の情報で、記者の傍らにはいつも僧衣姿の調がいた。ウラペは調を味方の日本人と信じていた。だが、信頼しているはずの調の前でもウラペは耳が遠いふりを続けた。

「お前を日本に連れて帰りたかったなあ、それが心残りだよ。『ナンマンダーナンマンダー』というとウラペも『ナンマンダー』といって手を合わせた。ありゃ、ウラペは浄土真宗だな」

調はこう語っているが、日本人の前では一貫して、日本語が理解できないふりをした。なぜ、ウラペは頑なに日本語を話そうとはしなかったのか。

「日本人に見つかれば、戦争で負けた責任を取らされて、刀やナイフで殺される。もし日本に帰ることがあれば、二度とここには帰って来られない」

ウラペは妻のジャーンにいつも話した。ジャーンはウラペは軍隊の規則を破ったため、脱走し日本軍に追われていると思っていた。村人もそう信じていた。だから、ウラペをかくまった。ウラペはそれ以上の過去は何も話さなかった。日本のどこの出身か、名前も。酔って、珍しく笑いながらこうもいった。

「もし、日本に帰ることがあれば、行くか」

「寒いし、日本語も分からないので行かない」

ジャーンは日本人がウラペの身元を調べに来るたびに不安だった。いつか、私たちを捨て、日本に行くんじゃないか。耳が聞こえないふりをしてくれるのが、うれしかった。娘のエーだけにはこんなことを話していた。父と娘の関係はどこでも同じ。ひたすら甘い。

「もし、日本に帰ることがあれば、お前だけは連れて行きたい。でも、帰ってもお前のように面倒みてくれる人も、待っている人もいないから、帰れない。ここでは何もしなくても生きていける。日本に帰ったら大変だ」

このあたりが本音ではないだろうか。

戦後、カレン軍にはウラペと同様、判明しているだけでも四人の元日本兵が軍事指導をしており、日本人間の交流のなかで、ある程度の日本の情勢は把握できた。まして、ウラペの元には帰国を勧める日本人も現れている。帰国しても、殺されることも罪に問われることもないことも理解できる。それでも「殺される」といい、帰国を拒んだ。

ビルマ軍と戦っているころは生き甲斐もあっただろう。「さすがは元日本兵」とみなが尊敬もしてくれた。

それが、晩年を過ごした難民キャンプでは違った。キャンプでは仕事を持つことはタイ定住につながるため、何もしてはいけないという規則がある。食料などはタイ政府や援助団体からの支援で配給される。キャンプに住んでいるだけで生きてはいける。

㉝ウラペが植えたマンゴーの木とエー。
㉞父ウラペの墓前にたたずむエー。

「父はいつも何かにイライラしていました。自分はこんなところにいる男じゃないと思っていた。だから、家族もいたけど、ひとりでいることが多かった」

父の葛藤をよそに、エーは無邪気だ。

「わたしは日本人の子供として生まれたのが誇り。わたしの血の半分は日本人よといって、歩きたいくらい。どんなにすばらしいところなのか、想像もつかない。ああ行ってみたい」

ウラペは難民キャンプのはずれの小屋で一人ひっそりと暮らした。近くに住むエー以外、他の村人とも交渉することはなかった。何も要求することはなかったが、死の間際、カレン軍の軍服を着せてくれと頼んだ。ウラペがビルマから国境を越えるときから持っている唯一の物だ。

ウラペはカレン軍兵士としての最期を選んだ。

ウラペはやはり日本に帰りたかったが、帰れなかった。出征前の日本の事情、脱走した経緯、現在の生活、妻と子供たち。すべてを秤にかけ、日本を捨てた。日本人ではなくなった。

それが時に後悔の念となり、酔うとあふれ出てきた。

キャンプのなかほどに高さ十五メートルほどのマンゴーの木がある。ウラペがキャンプに入ったとき、記念に植えたものだ。周囲の木よりも一際大きい。

現地のカーオソット新聞にはウラペ死亡の記事が掲載された。

記事によると、ウラペの死後、いつも寝ていたベッド脇に隠されていた竹筒の中から、日本で撮った幼いころの写真、日本兵の軍服を着て日本刀を持った写真、日本の子供や妻の写真が出てきたとある。日本から息子が遺骨を引き取りに来たとも書いている。

死後立ち会い、遺体を撮影した現地の警察官は「事実ではない」と言下に否定した。「タイの新聞を信用してはいけない。だれも信じていない。おもしろければ、何でも記事にするから」と苦笑しながら話した。

ウラペは何も残さなかった。日本人としての痕跡も証拠も残さず、死んだ。残したものは自らの血を引く三人の子供とこのマンゴーの木だけだった。

身長百七十センチ。現地にはいない富士額。その名のとおり最期まで「仲間はずれ」だった男。髪の毛と爪が現地のクンユアム警察署に保存されている。

カレン軍兵士の名は「宇波ヨシノブ」。

[illegible]

第四章　日本兵の遺品

ホイトンヌン村

ビルマとタイの国境。二〇〇五（平成十七）年の末、タイ側の玄関口に当たる国境の集落ホイトンヌン村を訪れた。敗走してきた日本兵がビルマを抜け、同盟国タイにたどり着いたと安堵した村である。その数三万人を超えた。

村の古老の一人セィポー（七四）と名乗る老人が日本軍の戦車の残骸を見せてくれるという。カメラを手に村を出発した。歩き始めて一時間近くなった。どこを歩いているか、方向が分からない。私はセィポーに念を押した。

「まさか国境を越えていないか」

セィポーは事もなげにいった。

「まだ、タイだ。でも越えても問題ない」

㉟国境の町ホイトンヌンで当時の思い出を語るセィポー。㊱ホイトンヌンを流れるこの川に沿って日本兵は歩いて集落にたどりついた。どんどん上流に行けば国境を越える。

世界中どこでも行ける日本人にとって、軍事政権ミャンマーは活動が制限される数少ない国だ。その国に不法入国したら、かなり面倒なことになる。不安そうな私の気持ちを察したセィポーがさらにいった。

「ミャンマー側の村も親戚がたくさんいる。問題ないよ」

両国にまたがり三百万以上が暮らすカレン族にとって、国境は尾根の西と東でしかない。現在、正式の国境ゲートは四カ所だが、無数にある山岳民族の山道をたどれば、簡単にミャンマーに入国できる。この道もそのひとつにすぎない。セィポーの勘違いか、結局、戦車は見つからなかった。

村の名のホイトンヌンはタイ語で「パンヤの木が茂る谷」という意味だ。戦争当時と変わらないジャングルの中にある。

「敗北した日本軍が帰ってくるという噂で、乱暴

㊲日本軍駐屯地の跡地には、日本軍が放置したトラックがそのまま置かれている。㊳ホイトンヌン村のパンヤの木。訪れたときは無数の綿が舞っていた。

されると思い、こわくて山に逃げた。けが人や病人ばかりでまるで幽霊みたいでした」

当時、まだ幼かったセィポーは道すがら、そんな思い出話をした。

敗走路は一九四二（昭和十七）年から日本軍が建設した。村人を指示しながら橋を架ける日本人。飢えと熱帯病にさいなまれ、一年近くもジャングルを彷徨した兵士。セィポーの目には同じ人種とは思えなかっただろう。

当時も今も百世帯、五百人ほどのホイトンヌン村は瀕死の兵士であふれた。危害が加えられないと知った村人は順々に山を下り、兵士をそれぞれの家々に泊め、米や果物、野菜を分けた。

価値を失った軍票しか持たない兵士は背嚢から大切な物を置いていった。オーバー、コート、銃剣、鉄帽、革カバン……。珍しい物だが、山ではさして必要がない物ばかりだ。

だが、水筒や飯盒を村人は家の中に大切に飾った。セイポーの家の柱にも鉄帽がかかっていた。

「持ち主が日本に帰れたか分からない。たくさんの日本人がチェンマイに行く途中で死んだと聞いています。これは生きてホイトンヌンまで帰ってきた証拠の品物でしょう。だから、大切にしていました」

　そう話す村長のグロンサティパンヤー（六一）は村人の気持ちを代弁した。グロンサティパンヤーの父親も当時、村長だった。日本軍は一九四五（昭和二十）年から三年間にわたり、延べ数万人がこの狭い谷間に駐屯していた。

「父は最初、村人を山に避難させたが、その家に日本兵が住み着いた。それで困った父は日本軍に村はずれの森だった土地を提供して、そこに住むように交渉しました。日本兵は大きな小屋を建て、休養して元気になった者から順番に出発した。村人は日本人と身振り手振りで物々交換したと聞いています」

　村の中心から歩いて三十分ほどの所に日本軍が駐屯していた広場がある。小屋は壊されて、広場はラムヤイ（龍眼）の畑に変わっていたが、未だにトラックの荷台が放置されたままになっていた。トラックの荷台はラムヤイの木の幹に食い込み、ジャングルの一部と化し、六十年の年月を感じさせた。

　日本軍が駐屯した畑はこぶしほどの大きさの綿が舞っていた。ホイトンヌン（パンヤの木が茂る谷）という村名の由来になっているヌン（パンヤ）の綿である。ぬいぐるみやクッションの中に入れるパンヤ綿の木は東南アジア各地に自生し、樹肌が緑色で、パパイヤのような実が熟すと割れて地面に落下し、中の綿が空中に浮遊する。畑では白い綿が風が吹くたびに飛んだ。

「追及してこーい」

私には、そういわれ、なんとか動こうとするが、その場で動けなくなった日本兵の魂に思えた。

友好の街クンユアム

日本軍は同盟国のタイからビルマに進出するための道路建設を進めていた。当初は八本の道路建設計画があったが、実際に着手されたのはバンコクからカンチャナブリーを経由して南ビルマに至る道と、チェンマイからビルマに入る道の二本だけだった。

カンチャナブリーを経由するルートは途中、鉄道に変更になり、英国人やオランダ人らの捕虜を使って建設、映画「戦場にかける橋」で、世界的に有名になった。

もうひとつが、チェンマイからメーホーンソーン、クンユアムを経て、国境の村ホイトンヌンを抜け、ビルマに至る北方ルートだった。

一九四二（昭和十七）年ごろ、建設を始めた日本軍の拠点がクンユアムである。

地域の中心のメーホーンソーンはタイ北部の都市チェンマイから直線距離で二百キロ、一日二便の航空機で四十分、陸路だと四百キロ、車でゆうに八時間かかる。周辺にはあらゆる山岳民族の村があり、街中でもタイ人の方が少数派だ。日本人がここを訪れる理由は、この山岳民族の一つ、首に金属の輪を巻いた「首長族」の村を観光するくらいしかない。世界の観光地に飽き足らない秘境マニアしか足を踏み入れない。

クンユアムはこのメーホーンソーンからさらに約六十キロ南下した所にある。国境のホイトンヌンまで約四十キロと中間地点に当たるため、建設当時は五千人ほどの日本兵が寺や学校、民家に分宿して作業に当たっていた。この小さな町に日本人がひしめいていたことになる。

クンユアムは街の真ん中を国道108号が一本貫き、その両脇に民家が並んでいるだけの田舎町である。二〇〇三（平成十五）年の統計では人口三千六百人。タイの地方都市に見られるような、モトサイ（ミニバイク）の混雑もなく、大きな建物は二階建ての役所と警察署、それと寺しかない。宿泊施設は一ヵ所で一泊三百バーツ（一千二百円）と格安だが、タイの物価やシャワーとベッドだけの粗末な施設を考えれば、だれでも納得する値段である。

街から車で五分ほど行ったところにすでにおばあさんになったパーン・タワット（八七）

の自宅がある。どこにでもある高床式の民家だ。

「お手々つないで　野道を行けば　みんな　かわいー小鳥になってー　歌を歌えば　靴がなるー　晴れたお空に靴がなるー」

私が家に上がり、座るか座らないかのうちに突然、パーンが歌い出した。その後も「モチ、ヤマ、タクサン、テンプラ、ソカイ」と単語が次々と出てくる。

戦争当時、街中で市場や警察署に近かったパーンの自宅には数人の日本兵が下宿していた。パーンらは二階に住み、兵士は一階に住んだ。どの家にも数人の日本兵が暮らしていた。兵士らは仕事の合間をみて、農作業や食事の支度を手伝い、まきでドラム缶風呂をわかして入っていた。風呂の習慣がないタイ人には、なぜ熱い水につかるのか、理解できなかった。兵士らは夕食後、近所の子供たちに日本語や歌を教えた。

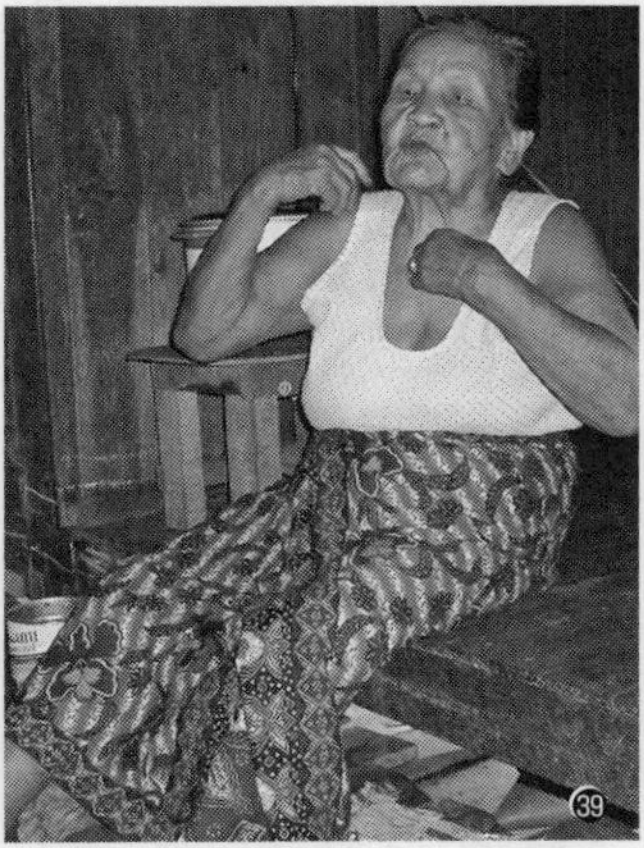

㊴「お手々つないで」と歌うパーン。途中、口紅を差しに奥に消えた。

上官であるサカモトは丁寧で礼儀正しく、パーンは淡い恋心を抱いていた。

パーンは青春の一ページをめくるように一つ一つゆっくりと話し始めた。その途中、パーンは思い出したように、戸棚から何かを取り出し、隣の台所に入った。台所から出てきたパーンの唇には真っ赤な口紅が塗られていた。私には彼女が急にサカモトを思い出し、若いころに戻ったかのように思えた。サカモトはパーンにいつもこういっていた。

「もし、日本人が悪いことをしたら、すぐに私にいってください」

戦争中、まだ二十歳くらいの日本兵「オリ」がピストル自殺をしたことがあった。いつもパーンの家の脱穀や田植えなどの農作業を手伝ってくれていた青年だった。タイ人の物を盗んだ罪で投獄され、すきを見て逃亡した。村人は「どろぼう程度で死ぬなんて」と驚いた。

日本軍は東南アジア唯一の独立国で同盟国であるタイを兄弟国と認識していた。当時出した訓令でも、タイ人との接し方や生活態度に至るまで七項目にわたり、軍紀を徹底した。

一、将兵は特に軍紀風紀を正しくし礼儀を重んじ敬礼態度に深く注意して泰軍将兵に活模範を示すと共に兄弟の情愛を以て泰国国民を善導誘掖し公明正大至誠至仁以て皇軍の威容真姿顕現に精進すべし。

二、泰国は仏教国にして上下の信頼頗る厚く且儀礼を重んず将兵は常に寺院を愛護すると共に僧侶に対しては勉めて動作応対に注意し苟も粗暴の行為あるべからず。

三、泰人は其の風習上頭部を大切にし頭を撫で又之に手を触るる事をさえ極度に嫌悪し之を侮辱と思ふ。

四、泰人は其の風習上泥酔者及裸体者を蔑視すること吾人の予想以上に大なるものあり泰人の軽侮を受くる勿れ。

五、将兵は機密密書類及兵器の保管は勿論貴重品其の他身の廻りの品物にも常に注意を払ひ特に列車搭乗中の監視並に宿舎の戸締及警戒を厳重にし不覚を招かざること肝要なり。

六、泰国には「コレラ」「ペスト」「チブス」及「赤痢」等の悪疫流行し性病多し生水は絶対に飲まざること特に生物及暴飲暴食を慎しむと共に寝冷に注意し就寝時腹巻の使用を勵行すること必要なり。

七、泰国人は独特の文字言語を有し手真似等も異るもの多く理解一般に容易ならず。

この軍紀が厳しく守られていたため、いまだにタイは世界有数の親日国であり日本軍や日本兵を嫌悪することもなく、ホイトンヌンやクンユアムなどでは村人と友好関係を保っていたといえる。

その証拠が村人が保管していた遺品の数々である。

クンユアムの中心にあるムアイトー寺院には第百五兵站病院の患者中継所があった。ビルマ戦線で生き残りタイまで落ち延びてきたが、この地で力尽きた兵士の遺体が積み重ねられていた。

「日本の兵隊で元気な人はいなかった。みんな体が動けるようになると、チェンマイに向かって移動するが、多いときには何百人も傷病兵が留まり、身動きできないくらいだった。助かる見込みのない人には医者が薬を注射して、殺していました」

当時、父親がクンユアムの警察署長をしていたジャルーン・チャオプラユーン（七三）は当時の様子をこう語る。

一九四五（昭和二十）年七月十四日。山口県防府市の井上朝義（八六）もこの地に到着した。井上は第五十三師団輜重兵《しちょうへい》第五十三連隊の獣医としてビルマ戦線に投入された。馬や象を使う輸送部隊には獣医は欠かせなかった。しかし、インパール作戦失敗で敗走。タイを目指し、五カ月間、ビルマ山中を彷徨した。井上は当時、マラリア脳症に冒され、記憶がないまま、サルウィン川を越え、五月十一日に国境のホイトンヌン村を抜けた。井上は少尉だったため、身の回りの世話をする当番の上等兵が記録を付けていた。意識がないまま、約四十キロの道のりを三日で歩いたことがある。記憶はこのクンユアムから先しかない。

「患者中継所の土間ですが、本当に久しぶりに屋根がある所に寝た記憶があります。何カ月ぶりに釜で炊いた飯が出ましてね、汁も野菜が入っていて、生きていてよかったと心の底から感謝しましたよ」

歩ける者だけが生きていけることはタイに入っても変わりがない。一日でも早くチェンマイに着こうと、少々無理をしても三々五々、出発をした。クンユアムからチェンマイまで三百キロ。まだ雨季は続いていた。元気に歩いていた者が発症し、道に倒れていた。木の下や川のほとりには必ず屍が雨にさらされていた。井上はただ手を合わせて、先を急いだ。

チェンマイからホイトンヌンまでの道路建設が完了したのは一九四五（昭和二十）年になってからである。ビルマ侵攻のための道路が敗走路に変わっていた。

⑩兵站病院になっていたクンユアムの寺。⑪病院だった寺の一角に遺体が埋められた。

「米とゴマとサトウキビの汁をまぜた菓子は兵隊が『モチ』と呼んで、よく売れたよ。果物は特にバナナがよく売れたが、卵やイモなど食べ物ならなんでも売れたね。兵隊は刻んだタバコの葉を乾燥したバナナの葉で巻き、吸っていたよ。卵もイモも、食べるものなら、なんでもよく売れたね」

パーンはこの患者中継所の前で父親や母親と一緒に、果物や菓子を売っていた。

「でも、道路建設をしていた日本人とは全然、別の人たちでした。食べ物を買うにもお金も交換する物もない人がたくさんいましたので、果物や米を分けてあげたりしました。ほかの村の人も同じでした。でもサービスといって、物をもらおうとする日本兵を見て悲しくなりました。かごから物を取ろうとする人もいました。サカモトがいたときはこんなんじゃなかったと思いました」

それでも、数年間、小さな村で肩を寄せて暮らしていたタイ人と日本兵の間には、他の地域にはない信頼関係ができていたため、混乱もなかった。シャルーンもこういう。

「私は小さかったけど、一度も日本の兵隊さんが怖いとか思いませんでした。病気をしていない兵隊さんに日本語や柔道を教えてもらっていました。みんなで田んぼに稲刈りを手伝いに行くときについて行き、歌を歌ってね。『貴様と俺とは……』っていう歌があるでしょう。いまでも覚えていますよ」

ボロボロの日本兵はクンユアムの人たちに助けられ英気を養い、白骨街道の終着地チェンマイへと次々と出発した。

少年だったジャルーンと仲良くなったワタナベという兵士がクンユアムを出発する朝、自宅を訪れ、友情の証として短刀をくれた。

「玄関で『こんな物をいいのか』と父が話していました。日本の兵隊にとってどんなに刀が大切か知っていましたので、うれしかったですよ」

敗戦で心身ともによれよれになったワタナベは何かをしなければ、気がすまなかったのだろう。ワタナベと同じように、日本兵の「ありがたい」という気持ちの積み重ねが「第二次世界大戦博物館」に展示されている一千点を超す遺品である。

ジャルーンの日本人に対する好印象はその後も変わらず、娘は日本に留学後、バンコクで日本の男性と結婚。日本人の父親にまでなってしまっている。

遺品を集めた警察官

一九九五（平成七）年、チューチャイ（六五）はクンユアム警察署の署長に就任した。バンコクで生まれ、警察官として勤務の大半をチェンマイで過ごしたチューチャイにとって驚くべきことがあった。就任のあいさつに訪れる家には必ず鉄帽やコート、水筒、毛布、飯盒が飾られていた。食料と物々交換してもらった日本兵の遺品である。取り立ててきれいなものでもないのに家宝のように扱われていた。

「タイでは実際に戦闘が行われたわけではないので、戦争のことをよく知りませんでした。この地が白骨街道と呼ばれていることも知りませんでした」

メモとカセットテープ、カメラを持って、山岳民族の村々の老人に聞き取り調査を始めた。チューチャイらタイ人に対し、敵愾心《てきがいしん》を持つカレン族やアカ族との話題として、日本兵の思い出話はふさわしかった。警察署長として監視の目が届きにくい山間部を視察することもできた。そのため、思わぬ収穫もあった。日本兵の遺品の受け渡しで知り合いになった山岳民族の長老の情報で山岳地帯にあった覚せい剤の密売拠点を摘発、二百キロという大量の覚せい剤を押収したこともあった。

白骨街道沿いの村には日本兵の遺品とともに、日本兵の埋葬地もあった。だが、老人以外は日本兵が滞在したことも、タイ領内で七千人以上が死亡したことも知らなかった。老人は老いて死が近づいており、若い者は日々、何事もなかったかのように暮らしていた。

「クンユアムには日本兵との思い出が埋もれている。ただおじいさんやおばあさんの思い出だけでは惜しいと思いました。いま何かしなければ、その事実さえ忘れられ、失われてしまう。本当に惜しいことですよ」

チューチャイは調査とともに、遺品を自費で買い取り、保存することにした。

「日本兵のものを持っている人は持って来てください」

行く先々で声をかけた。日本兵の遺品はどんどん集まった。クンユアムの警察署長を務めていた約二年間で近隣の村々のほとんどを回った。前述のホイトンヌン村に日本兵の遺品が何一つ残っていないのはこのためだ。

当初、住民はタイでサムライと呼ばれている軍刀以外に値が付くとは考えてなかったようで、ただ同然の値段で遺品をチューチャイに渡した。しかし、チューチャイの遺品収集が本格的になるにつれ、値段が高騰した。

「チューチャイに遺品を盗られた。持っていれば、財産になったのに、あいつは泥棒だ」

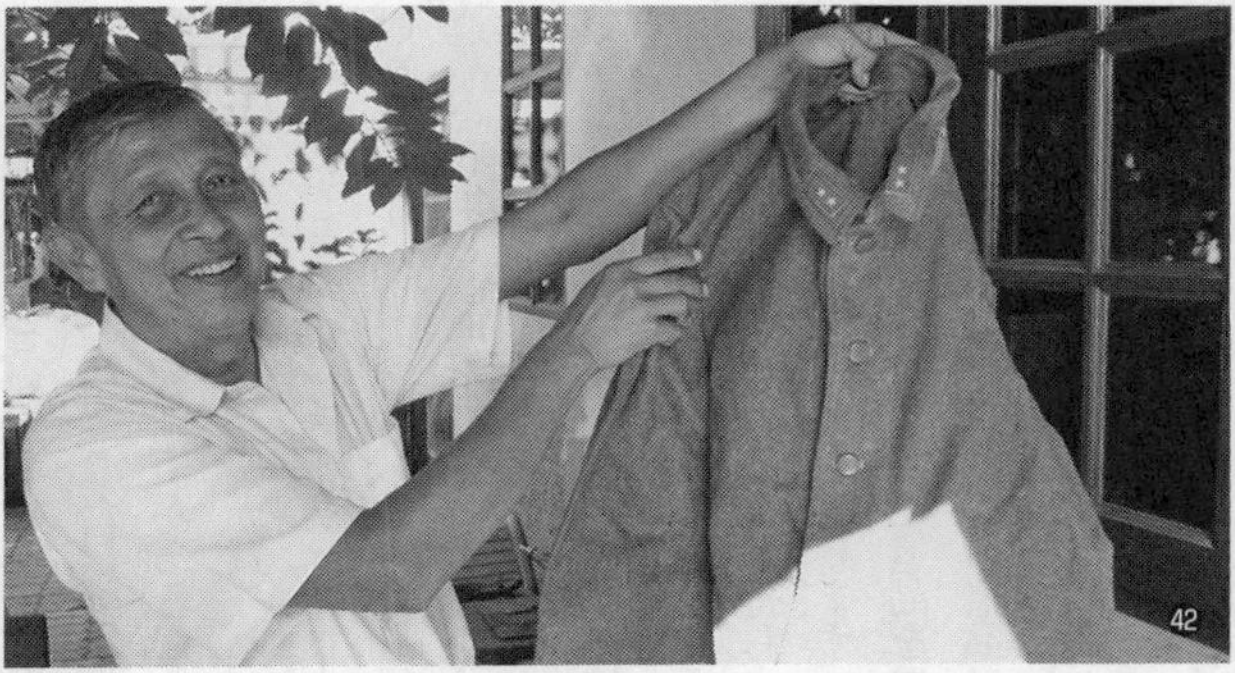

㊷収集した日本兵の遺品をかざすチューチャイ。その数は1000点を超える。

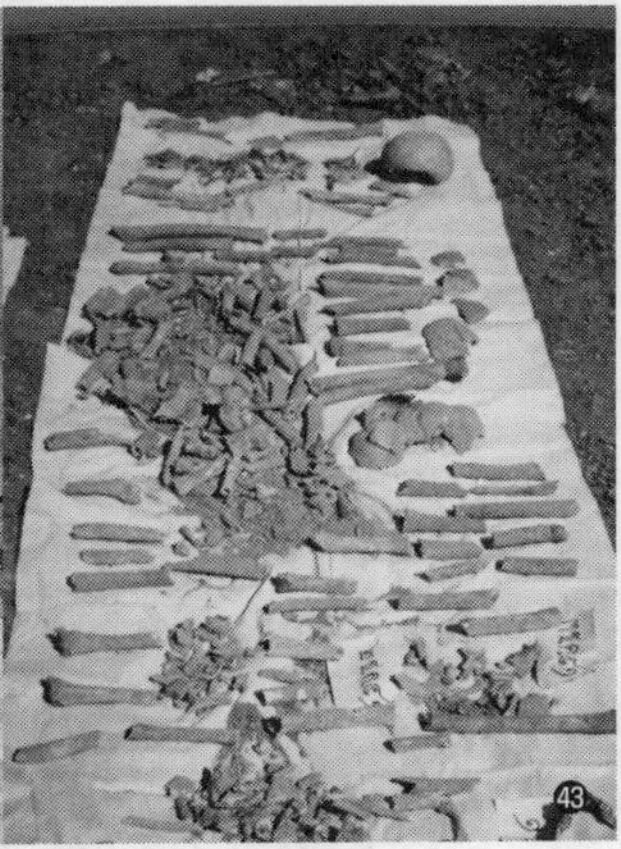

㊸タイ領内で約7000人が死亡した。まだ遺骨が埋もれたままの所も多い。
㊹第二次世界大戦博物館には日本兵が村人に渡した品々が並ぶ。

そういう陰口をいう者まで出てきている。クンユアムに取材に訪れた前日に、山岳民族の男たちが日本軍の放置した爆弾を掘り起こそうとして、事故が起きた。それほどまで日本軍の物ならば、何でも価値があることが浸透してしまった。現在ではタイ人だけでなく、日本人の古物商まで参入し、売買されている。

それにしても、チューチャイはタイでは家も買えるほどの百万バーツ（四百万円）近い私財を投じ、日本人とも、日本とも縁もゆかりもないにもかかわらず、なぜこんなにも熱心に遺品を収集し、展示しているのか。

「妻は『あなたの前世が日本人だったのよ』といいますが、そうなのかもしれません。タイ人の私はこの世の物にはすべて魂が宿っていると信じています。この日本兵の持ち物は生きるための必需品だっただろうし、日本兵と苦楽をともにしてきた友人であり、任務を遂行してきた戦友です。その愛情は持ち主が去った後も残っているはずです。物は持ち主のことを思い出させ、過去の事を語ります。かけがえのないものです」

チューチャイが収集した遺品を展示している博物館はすべてタイ語と日本語、英語の表記が付けられている。日本兵の遺品は「ここで多くの日本人が亡くなったが、タイ人と日本兵の忘れることができない交流があった」という、私たち日本人よりも、地元のタイ人に向けたメッセージである。

博物館にはタイ語でチューチャイの言葉が書かれている。

――この博物館で当時の日本人の考え方や思い出が理解できます。ぜひ、次代の若い人たちに戦争の意味を考えてほしい。悲惨であるとか、何が正しく、何が正しくなかったかということを、本当のことを知ってもらいたい。

第五章　日本人の血

私は日本兵の子です

タイで最も有名な日本人は間違いなく「小堀」である。小堀はタイの現代文学の名作『クーカム』（日本語訳版「メナムの残照」、タイ語で「運命の人」という意味）の主人公である。第二次世界大戦中のバンコクを舞台に、日本人将校の小堀とタイ人のアンスマリンの悲恋を描いた小説。二人は日本とタイの友好関係のために政略結婚させられるが、いつしか愛が芽生え、小堀が空襲で死亡する間際にアンスマリンが初めて「あなたを愛します」と口にする。そのとき、すでにお腹には小堀の子が宿っていたという作品である。一九六九（昭和四十四）年の出版以後、タイでは何度となく、映画やテレビドラマになっており、そのつど、国民的歌手のバードら時のトップスターが小堀を演じている。現在の日本ではいかに有名な映画でも小説でも、老若男女を問わず全員が知っている作品などはないが、タイでは知らない人はいない。

その『クーカム』のような物語が敗走兵が駐屯していたクンユアムに残っている。「フクダサンペー」。「福田三平」と書くのだろう。延べ三万人が通過し、多いときには数千人の日本兵が滞在していたクンユアムに、結婚して残ったのはフクダ一人だけだった。

「よく働いたよ。手先が器用で戦争でいらなくなった鉄板や電線でかごも斧も何でも作れた。車の修理もできたし、電気工事もした。最初、まわりは日本人と結婚しやがってのような目で見てたけど、後でうらやましがってたね」

フクダの妻キアオ・ジャンタシーマ（八五）は自慢げだった。キアオはいまでもクンユアム郊外で暮らしている。

敗走してきた日本兵とは別に、戦中戦後を通しクンユアムに駐屯していた日本兵もいた。多くはビルマに物資を運ぶ輸送部隊だった。終戦後、英国軍の捕虜になり、滑走路造りに従事。車や機械を整備する工兵だったフクダもこのうちの一人だった。

キアオは父親と弟と三人で市場にバナナやお菓子を売りに行く仕事をしていた。

「『モチアリマス』と日本語でいって売っていたよ。二十までの数も日本語でいえたしね、いまはだめだけどね」

市場で知り合ったフクダをキアオの父親が気に入り、家に遊びに来るようになった。フクダはマラリアにかかっており、地元の薬を飲ませたりした。

「最初は父がフクダのことを礼儀正しいし賢い、いい男だ、いい男だといっていました。でも、言葉もうまく通じないし、日本人だから嫌だと思っていましたが、だんだんよく思えてきたんです。でも村のほかの人の目が気になってね」

出会ってから数カ月後、滑走路が完成した。滑走路といっても草地を刈り取り、整地する簡単な工事にそんなに時間は必要なかった。日本兵は順々にチェンマイに移送されることが決まり、フクダの番も近づいてきた。その直前に脱走した。

フクダはキアオの家に逃げ込んだ。混乱していた当時、英国軍も一人の脱走兵などかまっていなかった。

㊺キオアとフクダサンペーとの間に生まれたサグロン。「日本人の血」が流れているのが誇りだ。

かねてから礼儀正しい男とフクダのことがお気に入りだった父親の勧めで結婚した。フクダもタイで生きていくことを約束した。

現在、クンユアム中心部三千六百人に限るとカレン族などの山岳民族は二割だが、地区全体の人口二万五千人では山岳民族が八割を占める。フクダが暮らした村はカレン族が多数派だった。キアオもカレン族である。

「結婚してからみんながサンペーって呼ぶようになったので、私もサンペーって呼んだ。乾季は山の中だから冷えるのに、少しでも寒いというと、鳥取はもっと寒いし雪も積もるって笑っていたよ。それは本当かい」

鳥取県出身のフクダは三人兄弟の二番目で、兄は海軍、妹も軍人に嫁ぎ、父親の職業は大工だった。

フクダは工兵だったこともあり、機械整備や金属加工の技術で村人の生活を助けた。

「拳銃も作っていたよ。一日に三丁も作って、評判がよくて、遠くからも注文が来た。郡の役人も電気修理や金属加工なんか頼みに来て、信用されていたんだよ。役所の仕事はいい加減ではもらえないからね。日本人は仕事もきちんとしてるでしょ、だからだよ」

警察や軍が村に入るときには子供も含め全員でかくまった。結婚二年後とその翌年、男の子が生まれた。フクダはブンアートとサグロンと名付けた。技術や丁寧さ、誠実さ、世界中どこに行っても評価される日本人の特性がタイでも認められていた。フクダは村に溶け込んだ。

だが、一九五〇（昭和二十五）年、国境を流れるユアン川の発電所の設備工事の帰り道、待ち受けていた三人の郡の警察官に逮捕された。突然だった。これまで、フクダが日本への未帰還兵であることはクンユアムの地元警察も含めて周囲にはかなり知れ渡っていたが、なぜか警察は逮捕に踏み切った。

キアオはフクダが懇意にしていた郡の役所を通して、何度も抗議したが、脱走兵として扱われた。

「偉い人がだめだといっているといわれてね」

チェンマイに護送されることに決まった。当日、フクダは縛られたまま象に乗せられ、物見高い街の人が取り囲んでいた。キアオにはどうしようもできなかった。キアオはフクダにあるだけの現金を手渡したという。

「三万バーツ（約十二万円）くらいあったかね。フクダはたくさんたくさん稼いでくれていた。刑務所でもお金があるといいって聞いていたから、ないと大変だからね。フクダは絶対に戻ってくるといってくれたけど、日本に連れ戻されたら、私はもう会えないと覚悟はしていたよ。雪が降るような寒い日本で刑務所に入るんだよ」

数カ月後、郡の役場から知らせが届いた。フクダがバンコクの外国人病院で死亡したという内容だった。バンコクのバンクアン刑務所に移送された後、重病になり入院していた。死因はマラリア。チェンマイへの護送中に逃亡を図り、足を銃で撃たれたとも聞いた。

「少し寒くなったりするとマラリアが出たから。きっと、刑務所がひどい所だったんだねえ。お金持たせたのに、薬ももらえなかったんだねえ」

男女関係に厳格なカレン族では再婚は認められていない。フクダの死後、キアオは仕事に

㊻ニンニクを栽培しているサグロンと妻。生活は苦しい。

行くにも小さな子供を連れて行った。村人の様子が少し変わったことに気づいた。やっぱりね、という目になった。「なぜ、日本人と結婚したのか」という陰口も聞こえた。キアオはその分、必死で働き、女手ひとつで年老いた両親の面倒をみて、フクダが残した二人の子を育てた。日本人の子として恥ずかしくないように。

次男のサグロンは五十五歳になっている。

「子供のときから父のことは周囲の大人からよく聞きました。何でもできた男だっていいます。友人がいまでもお前は本当に日本人の子かって聞くんです。本当だと威張って答えますよ。今でも私の誇りです。私は日本兵の子です」

サグロンの十歳の長男が最近、祖父が生まれた国、日本のことを知りたがっている。サグロンはうまく答えられない。

「行ったこともないし、日本人とはあまり話したことないからね。どんな国かな。あなたたち日本人に対しては兄弟、親戚と思っています。父の祖国ですからね」

サグロンはニンニク栽培などの農作業と国境の村ホイトンヌンとクンユアムを一日一往復するシーロー（小型トラックを改造したミニバス）の運転で、母親の生活を助けている。サグロンの援助があってもキアオの生活は依然、厳しい。

「日本人と結婚して一度も後悔したことはないよ。タイ人と一緒になるよりも何倍も幸せな思いをさせてもらったし、二人の子供も育てることができた。貧しかったから、学校に行かせることができなかったけど、二人ともまじめで、みんなが感心しているよ。ねぇ、日本人の血が流れている子供だろう」

何かの替え歌だろうか。こんな歌を歌っていた。

「わたしはクンユアムの娘　どこにも行けないクンユアムの娘　クンユアムの娘　クンユアムの娘　あなたが行っても残るわたしはクンユアムの娘　クンユアムの娘」

サラパオ・ジープン（日本の饅頭）

二〇〇六（平成十八）年一月一日の夜、バンコクのデュシタニホテルのロビー。「サラパオ・ジープン」（日本の饅頭）の存在を知ったときは半信半疑だった。バンコクで在留邦人向けの新聞「ボイス・メール」を発行している林均が教えてくれた。

「『サラパオ・ジープン』という看板を掲げていた未帰還兵がいたらしいよ。もう死んでいるだろうけど」

菊兵隊の生き残りでランプーンに住んでいる藤田松吉が出会ったことがあるという。藤田は耳が遠く、電話ではらちが明かない。すぐにランプーンに飛んだ。藤田はいつものように玄関先に腰掛け、道路の方を眺めていた。

「藤田さん、藤田さん」

私があいさつをすると、ようという感じで手を挙げた。会うたびに藤田の態度が軟化していくのが分かる。

藤田は日本兵の遺骨収集と同時に山岳地帯に隠れ住んでいる元日本兵を捜し、名乗り出ることを勧めていた。

「おう、その饅頭売りなら、十年くらい前に、会ったことがあるって。子供が多くて生活がつらいといっとった。まだ生きているならおれと同じで八十五歳くらい。昭南島（シンガポール）から来たと話しとった。ファーンの市場に行けば、すぐに分かる。屋台に『サラパオ・ジープン』と書いて売っとったから」

だが、マラリア、赤痢、肝炎などの病気、貧困な食生活、医療体制の不備で山岳地帯の平均寿命は短い。山岳地帯では子供は多いが、八十歳以上の高齢者はわずかだ。八十五歳を越す年齢。生きていることは難しいと思われた。

チェンマイからバスで四時間で、タイ最北部の町ファーンに到着する。山岳民族が混在する町は小さく迷うことはない。バス乗り場からまっすぐに市場に行き、元日本兵を捜し始めた。十年前のことを知らない若い人ばかりの上、北方の方言がきつく、タイ語がうまく通じない。途方にくれていると、おばさんがサムロー（三輪自転車）を呼び、こぎ手の男に行き先を告げた。向かった先は農家だった。

そこの男性が話すタイ語の合間に「ナカモト」とはっきりと聞こえた。

「何年も前、ファーンからチェンライに引っ越した。元気なはずだけど、長女はサクラという名前だったな」

そう男性は話した。「サラパオ・ジープン」という饅頭売りはチェンライという町で生きていた。

「どうしてここが分かったのですか。父は会いたくないといっています。帰ってください。なぜ、会いたくないかは私には分からない。でも、父の意思を尊重したいのです。悪いですが、父が日本人かどうかも答えられない」

ファーンからバスで四時間。チェンライで印刷屋を営むリワット（四四）はそういって私を突き放した。リワットは八人兄弟の末っ子という。子だくさんだったという藤田の話とも合致する。そもそも、日本人でなければ、長女に「サクラ」という名を付けるはずがない。この時点で「名乗り出ていない未帰還兵」と確信した。

私はいったん、バンコクに引き揚げ、役所に提出している住民票を調べた。住民票によると、リワットの父親は「CHARN NAKAMOTO（チャーン・ナカモト）」と記載されており、長女はサクラ、三女にはノリコという日本名を付けていた。やはり、ナカモトは元日本兵に間違いない。「なぜ、日本に帰還しなかったのですか」「なぜ、これまで名乗り出なかったのですか」。その質問の答えをどうしても、ナカモトから直接聞きたかった。

その後、タイ人を通じて、「名乗り出ても何の罪にもとがめられない」「軍隊に在籍していた間の恩給が支給される」「日本の家族について調査できる」などを書き連ねたタイ語と日本語の手紙をリワット宛てと父親のナカモト宛てに幾度か出したが、なしのつぶてだった。

ナカモトが饅頭を売っていたファーンはミャンマーの国境まで二十キロほどしかなく、ビルマ戦線から南下した場合、立ち寄る可能性は非常に高い。年齢も八十五歳くらいと、敗戦当時、二十代前半で、他の未帰還兵と同じ世代である。

だが、いくつかの疑問点もあった。

①現在の日本の情報を得ているはずだが、なぜ頑なに面会を拒むのか。

②日本人を隠している割には、『サラパオ・ジープン』という看板を掲げ、娘に日本名を付けている。

③藤田に昭南島から来たと答えている。日本人同士なら広島や東京と答えるか、ビルマ戦線の地名、部隊名を答えるのではないか。

そのほかにも、様々な疑問は浮かんだが、それでも私には何らかの理由で、ビルマ戦線を離脱し、タイの田舎町で身分を明かさず暮らしてきた未帰還兵以外には考えられなかった。

㊼シンガポール生まれの日本人ナカモト。㊽未帰還兵ではなかったナカモト（左から二人目）とその家族。

◇

リワット宛てにタイ語と日本語で訪問する日時を明記した手紙を郵送した後、私は再びチェンライを訪れた。

二〇〇七（平成十九）年一月十日。もう九十歳近い高齢を考慮すると、今回、会えなければ、死亡してしまうかもしれない。それでは直接、帰還しなかった理由を尋ねる機会が失われてしまう。何度もチャンスはない。今度こその思いもあった。

午前九時、印刷工場を営むリワットの自宅に到着した。いつになく笑顔のリワット。当初の険悪な雰囲気はまったくない。手紙のやりとりが功を奏したのか、と一安心した。

そのとき、リワットの横に座っていた男が突然、握手を求めてきた。

「よく来てくれました。どうぞ、どうぞ、座って、座って、座ってください」

色が黒く、大柄の男は日本語でそういった。さらに、こう続けた。

「ナカモトです」

ようやく出会えたという感動よりも、本当に日本人なのかという疑問が急激に膨らんだ。どうしても日本人には見えない。タイ人そのものである。これまで、出会ってきた他の未帰還兵は日本から長く遠ざかっていても、一見して現地の人間には見えない。だが、ナカモトは違った。表情、仕草、言葉の使い方、身にまとった雰囲気。すべてが日本人のものではない。

長く元日本兵を捜してきた私のセンサーが「NO」といっていた。

ナカモトは私の質問にたどたどしい日本語でゆっくりと答えた。

「名前はナカモトマスミです。いまは八十七歳になりました。父親は大阪、母親は徳島の出身で、日本人です。父の名前は忘れましたが、母親はユリ」

ナカモトの両親は日本人であり、ナカモトも間違いなく、日本人である。それにしても、成人するまで使用していた母国語をここまで忘れるものだろうか。故意に下手に話しているようにも思えた。

「私は昭南島からマレーに行って、それからタイに来ました。戦争？　少し手伝いましたが、軍隊には行ってない」

ナカモトは元日本兵ではないという。それでは何をしていたのか。なぜタイで暮らしているのか。ナカモトは何者だ。頭が混乱した。

「私の父親は昭南島で水産業関係の仕事をしていましたが、戦争の終わりごろ、日本が戦争に負けそうになってきたら、日本人狩りのような雰囲気になり、日本人は住みにくくなったので、一人でマレーに出た。その後、タイ南部に住んでいたけど、その後、ファーンに移りました。年を取ったので、饅頭売りをやめて、十八年前にチェンライに引っ越しました。お金があれば、日本に行ってみたい」

ナカモトは日本人の両親の間にシンガポールで生まれた日本人ではあるが、未帰還兵でも、元日本兵でもなかった。この程度の会話でも、途中、タイ人の通訳を介さないと理解できなかった。なかでも、「日本に行ってみたい」という言葉には愕然とした。

「なぜ、私を捜していたのですか。私は何も悪いことはしていないし、日本人ですが、タイのＩＤカードも持っています。でもタイの警察は怖い。警察は何でも理由を付けてお金を取るから、怖いです。知っているでしょう」

ナカモトは賄賂を要求することが多いタイの警察から難癖を付けられるのを嫌がっていたというのが、面会を拒絶していた理由だった。

「タイで暮らしていても、タイ人ではありません。私はナカモトマスミ。日本人です。日本には一度も行ったことがありませんが、日本人です。だから私の前で日本人の悪口をいったら、すごく怒ります。近所の人もみんな私が日本人だと知っています。だから悪いこと、ずるいことはしません。子供にも同じことをいって聞かせて育てました」

だから、妻のブーン（八一）との間に生まれた八人の子供たちにはタイ人の名前のほかに全員に日本名を付けていた。

さくら、ようこ、のりこ、つしま、ひろし、けんじ……。日本名が「つしま」というリワットも父親の話を引き継ぎ、こういった。

「テレビでボクシングを見るときも、タイ人と日本人が戦えば、家族みんなで日本人を応援します。タイ人を応援する人間はたくさんいますが、日本人を応援する人は私たちだけですよ。日本人の子供ですから、当たり前でしょう」

シンガポールで生まれたナカモト。日本語の読み書きができないナカモト。日本に行ったことがないナカモト。それでも、「サラパオ・ジープン」（日本の饅頭）という看板を掲げ、屋台で饅頭を売り、子供たちには日本名を付け、心のなかで「私は日本人。ナカモトマスミ」といいきかせ、タイ人と一線を画し、生きてきた。

「私が売っていたサラパオ（饅頭）は甘いです。タイのサラパオは甘くない。日本のサラパオは甘いんでしょう、ね、そうでしょう」

帰国しなかったからこそ、日本が心の奥底に残っている未帰還兵と同じように、ナカモトは日本の土を踏んだことがないからこそ、祖国に恋い焦がれ、想像のなかで増幅している。

ナカモトは私が捜していた元日本兵ではなかったが、日本人だった。九十歳近くなっても、タイの田舎町で生きる活力になっている祖国日本を想い続けている。

祖先が出たから祖国でも、住んでいる国だから祖国でも、生まれた国だから祖国でもない。ナカモトは生まれたシンガポールが祖国でも、七十年近く暮らしたタイが祖国でもいいはずだ。未帰還兵の坂井勇はブラジルが祖国であってもよかった。だが、日本が祖国なのだ。自らその国を愛しているから「祖国」なのである。

日本で生まれ日本で育った私は祖国がどこだという考えを持ったことはなかった。だが、未帰還兵に出会い、ナカモトに出会った。「一度、日本に行ってみたい」と語ったナカモトよりも、祖国日本を愛しているかと問われれば、答えに窮してしまう。というよりも、ナカモトほど心の奥底で祖国を愛している日本人は数少なく、日本人であることのアイデンティティーがナカモトの人生を支えていたように思えた。

もう一つ、ナカモトに出会って、確信したことがある。ナカモトは「日本の饅頭」という看板を掲げ、商売をしていながら、現在まで身元を明かさなかった。タイとミャンマー国境の山中でひっそりと暮らし、タイ人やビルマ人になりきり、生き延びた元日本兵「水島上等兵」はもっと存在していたに違いない。水島上等兵と同じように僧侶になった者もいただろう。

しかし、生き延びたとしても、もう九十歳になろうとしている。新たな「水島上等兵」を捜し出すのは無理かもしれない。生きていた痕跡を見つけるのも困難になる。

二〇〇七（平成十九）年五月、タイで坂井勇が死亡した。たどたどしい日本語ながらも、死ぬまで「ヤマトダマシイを持った日本人」だった。

今回取材した多くの人にとっても、これが最後の証言になるだろう。

ナカモトは別れ際、震える手で取材ノートにひらがなで「なかもと」と名前を書いてくれた。日本人だということを証明する意味で書いた。

「な」の字が変体仮名である。子供のとき以来、自分の名前を日本語で書くことなどなかったはずだ。いつか書く機会があると思って、練習していた。

震えた「なかもと」の字に、タイ人の中で日本人として生きてきた「ナカモトマスミ」の誇りが凝縮されている。

あとがき

クンユアムの「第二次世界大戦博物館」を取材した際、遺品を収集していたチューチャイ氏が紹介してくれたのが林均氏だった。身長百七十センチくらいだが、体重はゆうに百キロはある。

日本兵の話を始めると、興奮し肩で息をするような熱血漢だった。林氏は「第二次世界大戦博物館」の役員であり、バンコクで在留法人向けの新聞「ボイス・メール」を十二年間にわたり、発行していた。新聞発行以外にも、タイ国内でさまざまな事業を手がけ、タイと日本、タイ人と日本人の狭間で活躍をしていた。

「未帰還兵に会ってみたらどうですか。彼らが感じているタイと日本は、タイ人とも、日本人とも違う視点だから、面白いんじゃないですか」

二〇〇五（平成十七）年秋のことだった。

それから、三年にわたる私の未帰還兵を探し求める旅が始まった。林氏の一言があったからこそ、中野弥一郎氏、坂井勇氏、真島猛氏、藤田松吉氏らの未帰還兵に出会い、生の声を聞くことができた。

「どうして、帰還しなかったのですか?」

問いの答えはそれぞれだったが、戦争体験もない若造の質問にだれもが嫌な顔をせず、真っ正面から答えてくれた。

元日本兵の遺品を自費で収集しているチューチャイ氏や元日本兵の子供を立派に育て上げたキアオさん、「靴が鳴る」を歌ってくれたパーンさん、六十年もの長きにわたり、遺品を大切に保管してくれていたクンユアムの人々。一人の日本人として感動するとともに、どうしてそこまでしてくれるのかという戸惑いまで感じた。

さらに、林氏は新たな未帰還兵を捜し出すという大きな課題も与えてくれた。二〇〇六（平成十八）年三月、ナカモトマスミ氏との件について、二人連名で厚生労働省に「調査依頼書」も提出した。当時、林氏も私もナカモト氏が名乗り出ていない元日本兵であると信じていた。

「住所が分かっているからには直接、乗り込んで取材しましょう」と主張する私。しかし、林氏は「彼がここまで面会を拒否するには理由があるはず。もう八十歳を超えた彼がこれまでタイで積み重ねてきた人生を壊してもいいとは思いません。何が何でもしゃべらせるという取材方法は間違っています」。

タイでの滞在期間が決まり、終わりがある私と、タイ人との信頼関係の中でこれからも生きる林氏との違い。焦る気持ちはあったが、林氏の主張が正論なのは明白だった。ナカモト氏が会いたいというまで、手紙を出し続けることにした。大学卒業後、単身タイに渡り、事業の失敗成功を繰り返し生きてきた林氏の言葉には有無をいわせない重みがあった。林氏はよくこんなことを話した。

「未帰還兵の祖国に対する気持ちがどれだけ大きいか想像も付かない。私のようにいつでも帰国できる人間でも、異国にいると自分の中の『日本』がどんどんと膨らんでくるからね」

二〇〇六（平成十八）年九月末、東京・神田の寿司店。ナカモト氏の息子との手紙のやりとりから、面会実現が近いという私の報告に「もうすぐだね」と林氏は喜んでいた。その三日後、突然の訃報が飛び込んだ。日本のスーパーでタイに持ち帰る日用品の買い物をしている最中に林氏が倒れた。まだ四十四歳の若さ。

「未帰還兵はもう年だから、取材を急がないとね。死んでしまったら、真相が分からなくなる」

私にハッパをかけていたが、先に逝ってしまった。心不全だった。

林氏が存命だったら、未帰還兵でも元日本兵でもないが、祖国に恋い焦がれる日本人であるナカモト氏のことをどんな顔で聞いたか、報告できず残念でならない。

タイでの林氏は常に日本人の代表という意識を持ち、行動していた。「日泰友好」という言葉を実践し、その信念で事業に取り組んでいた。その一環として「第二次世界大戦博物館」の運営に携わり、私の取材をサポートしてくれた。

「タイはサバイサバイ（快適、気持ちいい）だけじゃない。日本人はタイが日本にいかに関わってきたか、だれも知ろうとしない。敗走してきた日本兵がどれだけタイ人や山岳民族に救われたか。他の国だったら殺されていたかもしれません。感謝しても、し足りません。タイ人も現在の豊かな日本しか興味がない。第二次大戦中にタイでどんなことがあり、貧しいながらも敗走する日本兵を救ったという事実をだれも知りません。これはお互いの国の不幸。未帰還兵と日本兵の遺品の存在は、日泰の両国民が知らなければならない真実です」

この言葉に叱咤激励され、タイから帰国後も取材を続けることができた。林氏が期待していた「真実」にどこまで迫ることができたか分からないが、その一端を書き表すことができたと自負している。

本書はタイと日本、タイ人と日本人を愛した林氏へのオマージュとして捧げたい。ご冥福をお祈りするとともに、改めて感謝を申し上げたい。

なお、文中において引用したいくつかの文章は、元の文意を損なわないよう配慮したうえで、一部省略、旧漢字を新漢字に変えるなどして、読みやすくしています。

最後に、第二次世界大戦当時の日本軍について、日本軍の蛮行をクローズアップする報道が多いが、クンユアムでの日本兵と住民の友好の証として、「第二次世界大戦博物館」は非常に貴重なものです。現地への行き方は日本語のホームページ（www5f.biglobe.ne.jp/~thai/）に詳しく書かれています。

平成十九年初冬

将口泰浩

文庫版のあとがき

本書が単行本として上梓されたのは二〇〇八年だった。昭和十九（一九四四）年三月、インパール作戦は開始され、わずか四ヵ月で参加将兵十万名のうち三万名が戦病死した。二十歳で戦地に赴いても、今年ですでに九十五歳になる。

二〇〇九年十月二十五日、タイとミャンマー国境の街メーソートから中野弥一郎氏の訃報を受けた。元第三十一師団（烈兵団）五十八連隊伍長、八十九歳だった。

当時、産経新聞社に在籍しており、「最後のタイ残留日本兵死亡」の記事を掲載するか、迷った。結果、私自身が著名人ではないと判断し掲載を見送る。だが、それは誤りだった。訃報記事では日本名を捨て少数民族カレンの男として生きることを選びながらも日本人の矜持を保ち生きた数奇な人生を読者に紹介できた。最後の「水島上等兵」の死はインパール作戦の愚かさを学び、戦後の日本人を見つめ直す契機となっただろう。

中野氏の訃報から数ヵ月後、新潟県小千谷市で暮らす真島猛氏の自宅に向かった。新幹線越後湯沢駅を降り立ったときから横殴りの雪が吹き付けていた。

いつもと変わらない穏やかな表情で出迎えてくれた真島氏は、こたつの中で勤務していた越後製菓のせんべいを勧めてくれた。雑談の後、中野氏の訃報を切り出した。

「そうですか、弥一郎が亡くなりましたか。そうですか、アチョ君が…」

隠れ住んでいた村で互いにカレン族の名であるアパイ君、アチョ君と呼んでいた。

立ち上がると、タンスの上に置いたお菓子の箱を取り出し、中野氏からの手紙を見せながら、思い出話を語り始める。

戦線でけがをして倒れていると、同僚から焼却されそうになり、「まだ生きているぞ」と声を上げ、難を逃れた。逆に白骨街道を敗走途中、道に横たわっている日本兵の靴を脱がし、自分のものと交換しようとすると、「まだ生きています」と言われ、腰を抜かす。

カレン族の男になるため二人で入れ墨を入れたこと、お祭りに行きたくて、二人して地元の人のように顔を白く塗りたくったこと。傍らで耳を傾けるお嫁さんと一緒に聞いた。「戦争のことを聞くことなんかありませんでした。なぜ入れ墨があるのかも知りませんし、もっと話してくれればよかった」とお嫁さんは言った。

数年後、小千谷から訃報を知らせる手紙が届く。二〇〇七年に坂井勇氏、二〇〇九年一月に藤田松吉氏が死亡している。取材したすべての方が鬼籍に入った。

あと五年早く取材を始めれば、もっと多くの未帰還兵に出会え、より多くの苦難の人生を聞くことができたに違いない。あと五年遅ければ、だれにも会えず、私の中の未帰還兵は「ビルマの竪琴」で終わっていた。

十一年後、文庫化に際し改めて読むと、人知れず幾多の未帰還兵がビルマやタイの奥地で現地人として暮らし生涯を閉じたことを確信した。

あなたは日本人ですか、現地人ですか、日本を捨てたのですか、捨てられたのですか、なぜ日本に帰らなかったのですか……。

早く取材を開始していれば、未帰還兵の輪郭がよりくっきりと浮かび上がったに違いない。いまは、それが心残りでならない。

令和元（二〇一九）年八月

将口泰浩

主要参考文献＊「タイに生きて」タイ在留報人向け新聞ボイス・メール連載＊「第二次世界大戦でのクンユアムの人々の日本の兵隊さんの思い出」（チューチャイ・チョムワット、武田浩一訳）＊「高田歩兵第五十八聯隊史」（歩兵第五十八聯隊史編纂委員会）歩五八会本部＊「望郷」（三留理男）ミリオン出版＊「帰還せず」（青沼陽一郎）新潮社＊「ビルマ戦線の実話」（清水偉男）＊「彷徨ビルマ戦線」（井上朝義）＊「責任なき戦場インパール」（NHK取材班）角川文庫＊「泰緬鉄道」（吉川利治）同文館＊「戦時用語の基礎知識」（北村恒信）光人社＊「真実のインパール」（平久保正男）光人社＊「ビルマの竪琴」（竹山道雄）新潮社＊「ビルマ戦補充兵」（吉田悟）光人社＊「太平洋戦争」（後藤寿一監修）西東社＊「メナムの残照」（トムヤンティ西野順治郎訳）角川文庫＊「今村昌平傑作選DVD第二巻、第三巻」東北新社＊「地球の歩き方ミャンマー」ダイヤモンド社＊なお文中の写真のうち、③⑩⑪⑫⑰⑱は井上朝義氏撮影のものである

単行本　平成二十年一月「未帰還兵」改題　産経新聞出版刊

NF文庫

インパールで戦い抜いた日本兵

二〇一九年十月十九日　第一刷発行
著　者　将口泰浩
発行者　皆川豪志
発行所　株式会社　潮書房光人新社
〒100-8077　東京都千代田区大手町一-七-二
電話／〇三-六二八一-九八九一㈹
印刷・製本　凸版印刷株式会社
定価はカバーに表示してあります
乱丁・落丁のものはお取りかえ致します。本文は中性紙を使用

ISBN978-4-7698-3137-2　C0195
http://www.kojinsha.co.jp

NF文庫

刊行のことば

第二次世界大戦の戦火が熄《や》んで五〇年――その間、小社は夥しい数の戦争の記録を渉猟し、発掘し、常に公正なる立場を貫いて書誌とし、大方の絶讃を博して今日に及ぶが、その源は、散華された世代への熱き思い入れであり、同時に、その記録を誌して平和の礎とし、後世に伝えんとするにある。

小社の出版物は、戦記、伝記、文学、エッセイ、写真集、その他、すでに一、〇〇〇点を越え、加えて戦後五〇年になんなんとするを契機として、「光人社NF（ノンフィクション）文庫」を創刊して、読者諸賢の熱烈要望におこたえする次第である。人生のバイブルとして、心弱きときの活性の糧《かて》として、散華の世代からの感動の肉声に、あなたもぜひ、耳を傾けて下さい。